U0576931

喜悦漫了过来

任捷 著

海峡出版发行集团 | 海峡书局
THE STRAITS PUBLISHING & DISTRIBUTING GROUP

图书在版编目（CIP）数据

喜悦漫了过来／任捷著. —福州：海峡书局，2020.3
（2024.7 重印）
ISBN 978-7-5567-0704-1

Ⅰ. ①喜… Ⅱ. ①任… Ⅲ. ①诗集-中国-当代 Ⅳ. ①I227

中国版本图书馆 CIP 数据核字（2020）第 044720 号

责任编辑　刘晓闽
装帧设计　陈小玲

喜悦漫了过来
XIYUE MAN LE GUOLAI

著　　　者　任　捷
出版发行　海峡书局
地　　　址　福州市台江区白马中路 15 号
印　　　刷　三河市兴博印务有限公司
厂　　　址　河北省三河市杨庄镇大窝头村西
开　　　本　889 毫米×1194 毫米　1/32
印　　　张　7.75
字　　　数　143 千字
版　　　次　2020 年 3 月第 1 版
印　　　次　2024 年 7 月第 2 次印刷
书　　　号　ISBN 978-7-5567-0704-1
定　　　价　48.00 元

版权所有　翻印必究
如有发现印装质量问题请寄承印厂调换

诗歌和它的活跃

崔　虎

与任捷兄相识多年,看到他的诗作即将集结出版,心生欢喜。日前,他命我为诗集作序,自是欣然受命。

本想以"诗歌和诗人的活跃度"为题,写出来后,自己便哑然失笑。因为有歧义,就改了。来这么个标题,是因为看了任捷兄的诗作,想到当下的诗歌生态。当下诗歌生态到底有什么意义?我在寻找答案时,总会有"无聊"二字跳出,尽管出现了许多优秀的诗人与诗作。之所以有"诗人的活跃"这一念头,细想之后,怕也是因为太多的"活跃"都那么无聊。在这么个境地里,任捷兄的诗作则更显操守的存在,正如他的为人,谦谦君子。

我总是固执地认为写诗行为是安静的,是诗人自己的个体行为,而现实却那么喧嚣。这种感觉在每次看到诸如"抄袭""诗骂"时,显得更加强烈。强烈来自两个方面,一是诗在当下的白热化,二是诗在当下的陈设化。二者都是表面化的东西,就像被诟病的那幅名人集体创作的画。看到那幅画时,我就想到了诗歌。"诗歌"正发生着浩浩荡荡的走失之势。走失的是人们的诗歌价值观,表现为诗歌审美观念在当下的畸形,其中一个现象尤为突出:诗歌沦为工具,追名逐利的工具。我一直以为那是一片净土,放牧心灵的净土。人类因为拥有那么丰富的龌龊,才有了诗歌的诞生,如果连诗歌都被龌龊了,心灵便将暗淡。"鲜花插在牛粪上"本来既营养又美丽,可惜鲜花不自珍,眼见着污浊了,怎不让人叹息?!

诗歌的活跃更应该是诗人的内在,无论多愁善感,还是思辨多维,都是一种内心世界的丰富、感知能力的卓越、思想维度的多元,在着笔写作时,又表现出语言构建的灵敏。其日常言行则可以相反,甚至显得不合群,少言寡语,乃至对生活现场的"弱智"。当然,我无意于画像,也不认为诗人就应该是这个样子,作为此语境下的表述,带了比较性的夸张与极端。当然,读者因喜爱其作品而产生的种种活跃也是正常的,但诗人自己得沉静,他是黎明前的黑暗,他不必追逐那些个聚光灯,把身影投放在五颜六色里。即使被聚光也依然从容于自己的黑暗。

为什么想写诗,因为想表达。为什么想用诗来表达,因为诗有其独特的内蕴,它充满了人类最值得骄傲的想象,也最讲究人文厚度与文化深度及精神高度,这些内蕴并不要求诗句表达非得多么高超,既可以抽象玄幻,也可以深入浅出。

为此,我们得抛开几个伪命题:

一是知识分子诗作与底层草根诗作。对诗作者进行简单的分类并以此进行语言的分野,实际上已沦为语言疲软尴尬者的借口。而有些知识分子则摇身一变成为草根之友、之同情者,甚至直接嫁接为底层草根,但他们并不是，只是在语言上享受了草根的待遇，而身子仍在诗歌"食物链"的顶端。这叫作树立一个概念，再偷换概念，以偷吃实现通吃。诗歌的草根性开放，是诗歌包容性或接纳性的拓展，从而允许更多的人进入诗歌创作，并非诗歌创作水平上的提升，实际上是门槛的降低。

二是口语与质朴。问题出在把口语等同于质朴。"口语"只是语言的形态，与"质朴"的实质没有半点关系。质朴是诗歌语言效果或效应，与表面上的语言形态无关。它是诗歌语言的内在抵达，若找一个词来说，就是"言简意赅"，去掉语言的人为矫饰并不意味着就成为口语。口语简单的直意表达也不等于不讲修辞。大智可似若愚，但若愚并不都意味着大智。这样简单的逻辑却被人故意弄错。

三是职业的世俗层级与诗歌创作者的类分或标签。这是否为有意识或是无意识，不得而知。诗歌文本之外的识别性的东西已经深入了对诗歌的判断，本应作为主体的文本却成了次要，甚至无足轻重。其中世俗层级成了诗歌评判的世俗功用手段，满足于标签性。评论者人话鬼话都说得一溜一溜的，其矛与盾不在同一文本里出现就算是万事大吉。对于标签的灵活掌握已成为诗歌繁荣的重要"推手"。

伪命题不止这三个，已有的无法一一列举，还有的还会在今后不断生成。去伪存真的路也是没有终点的。但我们有起点，而起点也就是我们守候的终点，不忘初心。诗歌语言自身的审美是重要的不可以忘却的"初心"之一。为了点出这一初心，先做了前头那些铺垫，在我看来是件非常遗憾的事。种种伪命题的存在与疯长，早已埋没了诗歌固有的语言本身自我存在的美感这一初心——"我看不懂这首诗，但很喜欢它的语言。""妙！妙不可言！"诗者，可言不妙，妙不可言。诗就站在可言与不可言之间，以可言写不可言，以不可言言之。诗固有其语言拿捏，在方寸之间，实现气蕴神通。不蕴其气，不通其神，难能为妙。惟妙惟肖，从诗歌的意义上说不止是作者的固有神指，还带给读者更多的神指。

对于诗歌，我看到了任捷兄的坚持，对诗性的坚持。这样的坚持似乎是对"潮流"的逆行，人往往是在逆行时才显示出可贵之处。作为一名编辑出版行业的从业者，阅文无数，早已沉淀好了对文学、对诗歌的理解与希望，外界很难撼动。因此，他的诗作有了与他为人处世相一致的秉性。笔触美好，气度雍容，思想深沉，文化健康。即使是对人生灰色面的诗意表达，也表现出一种难得的操守。他的诗，没有喧嚣，没有扭曲，没有叫喊，没有伪饰。他出入于生存的细微，用诗语盘结成诗网，穿得过风，留得住雨，在黑夜里冥思，在阳光下焕彩。他用这一整集的诗作，表达了心底那根颤颤而动的诗弦。这是怎样的一根弦呢？

任捷兄把诗稿分为三辑：拾零、行走、梦幻。拾零，是作者对人生历程的感悟，以诗的形式把物象转为心象的思考；行走，以亲近大自然的凡心，领略日月星辰、江河山川、花草树木等自然景观、自然现象；梦幻，则是在漫长的岁月中,感叹风霜雨雪,借景抒怀,呈现生活的点滴。

在抬零时光里,他把即景的点滴触念揉合于对生活的理解,用诗语轻轻呵出,"愁到梦里的心思/长出了/一对翅膀""雨停了,踏着闽江的波浪/你来了""看看枫叶吧,满山遍野的红/散淡的香,似有桂花/入怀为爱""二月的天空值得赞叹/动静总是结合得很完美""原本不变的竹林/摇曳了起来,挥不去/一个符号"这些诗句并不生涩,在貌似平常之中,有着知与智转换出来的隽永,让人百般品味,越品越真。

行走部分则有着更为广博的心神感应。诗人的行走是诗意之眼的神行,在神行里让思绪飞扬。这样的飞扬不是凭空而来,是长期的人文修养积淀的触景而发。对于平俗的物态,诗人有着自己的解读,将内心世界与外在世界进行比对、应映与反刍,让山川、草木、人工都有了灵性的承载,让自然景观有了人文落实,而由此生发为诗的意趣。

草叶的脉络

软风阵阵吹着古街
旌旗户户招摇
是酒肆还有茶庄

望尽那条石径,心生好奇
半掩的那扇小门
曾经的故事一定暖怀

院内的灯光渗透墙外
美目顾盼卷帘后
多少柔情影绰竹林

如水的月光留在古时
琵琶音律仿佛还在萦绕
萦绕的似乎还有低声轻唱

暗中涌动吧,桂香
风来过,雨来过
草叶的脉络把我的想念滋润

　　在这首诗里,任捷兄有一双洞见之眼,由实入虚,在
虚实之间神游,五节十五行的诗文,起承转合叹,由浅入
深,由实入虚,穿越古今,把即景中的想象铺排其中,由此
丰沛了诗作的内蕴,让心神得以游泛。这首诗最出彩的
是最后一节,他把桂香引入,紧接着就是一个诗意的跳
跃,用"风来过,雨来过"对整首诗进行总的贯穿,然后带
出"草叶的脉络把我的想念滋润"。恰是这最后一句点亮
了这首诗的意境,一股内在的清气,一下子把诗情推到了
极致。这首诗充分体现了任捷兄的写作功力,以及对诗
歌宏旨的理解、实践与把握。这样的佳作不少,读者可以
随同作者的笔路,去细细品味他的诗思。读这类有真味
清趣的诗作也是人生的一大享受。

时间是抚今怀昔的敏感点，古往今来，人们对于时间的感知、认识、理解与表达，都大致相似。只有时间是真正的流逝，而每一瞬的空间都是时间的表象，如何通过空间的表象进入时间的真相，既是科学，也是哲学，还是玄学，在文学里，更是一片汪洋，有骇浪，有涟漪。"少年不识愁滋味，……为赋新词强说愁"。这也是时间给少年出的难题，只有时间才能沉淀出"愁"的真正滋味。作为诗人的任捷兄正是到了知味之时，他的作品里大量地储存了对时间的阅历，并以他的敏感，把它们点点滴滴地播撒在一篇篇诗作中。"昨天是白露/比霜更白一点的是天边的月儿/今儿起，风吹得紧了""潜意识的牵挂/冲入了杯中/喝什么显得不那么重要""天冷了/温暖/感受在毛衣之外""今天，让时光倒流/我们青春一回/真的，如果可以/谁和我扬帆"……我顺手摘录些诗句，它们都不怎么叫喊，在平素里开化情愫，把时间的沧桑之痕，平平和和地写成诗语，去抚今怀昔，去落实对于时间的那份诗情。

总体上说，任捷兄的诗作以艺术表现手法融情感与理念为一体，以诗意带动诗情，以诗情演绎诗篇，在平淡中静谧，在静谧中温婉，在温婉中抒发。

虽然平时与任捷兄有诗歌往来，但一下子看这么多的文本，实在难以一一深入，以上感言，权以为序。

2020 年 3 月 6 日

美好常在

刘晓闽

不用掐指计算,整整三十年,我和小任同学一路同行,走到了今天,从小伙伴变成了老伙计。三十年,我从一个不知编辑为何物的小女子变成了近视加老花的"豆腐渣",可社里90后的小伙伴们都冲我欢欢地喊着刘编刘编,几乎让我有一种与他们同代人的错觉;而小任则从一个玉树临风的帅哥长成了风度犹存的大叔,是社里比他儿子还小的小孩们口中亲切的任主任。

1989年,我和小任几乎同时来到中篇小说选刊杂志社。初来乍到,我们就遇到了一场隆重的文学盛会。那时,文学的热潮尚未退去,国企都还火红着,作家是大众敬仰的偶像,大批的文学爱好者业余时间还在捧读小说……而80年代高峰时拥有53万发行量的《中篇小说选刊》在全国的影响力已经不容置疑。是的,就在1989年的春天,铁凝来了,张贤亮、蒋子龙、冯骥才来了,陆文夫、梁晓声、谌容来了……他们来福州出席《中篇小说选刊》举办的优秀中篇小说颁奖大会。可以说,我们的"出道"就是从接待文学名家开始的。杂志社的小伙伴们——小林、小董、小刘、小任、小李……甚至还有来自赞助企业的小这小那们,在编辑部领导的率领和指挥下,一大帮小的们着实忙得七荤八素,忙得热火朝天。回望1989，这真是一个重要的年份，这一年，是我与文学亲密接触的开始；这一年，是我与《中篇小说选刊》结缘的开端；这一年，是我与小任三十年同事生涯的起点。茫茫人海中，能成为同事也是一种缘分，能做三十的同事且相处甚欢是一件多么难得幸运的事啊。经年以后，那些老同事，离开的离开，退休的退休，如今就剩下小任和我两枚老革命，依然与选刊紧紧地绑在一起，如影随形。漫长而短暂的三十年，我们奉献了最美好的青春年华，付出了勤奋辛劳的汗水；而有《中篇小说选刊》伴我们成长，亦是我辈之荣幸。

我并不确切了解小任是从什么时候开始写诗的，但可以肯定是在80年代，是在我们成为同事之前。在人们的印象中，似乎诗人大多放浪形骸，不拘小节。甚至，有的诗人在某种程度上可以与疯子画等号，而我一向认为"愤怒出诗人"。以至于很长时间里，我们都忽略了身边的小任也是一名诗人。他的理性、温和、大度与淡定掩藏了他内心的波澜和激情，其实他一直在默默地写啊写。早在2001年，小任就出版过他的个人诗集《推开一窗思念》，当年，我曾为他的诗集写过一篇短文——《最初的灿烂》，请允许我在此抄录一段当初写下的文字：

如今还有多少人在写诗？又有多少人在看诗、读诗？在当下诗人们纷纷摇身一变成为小说家，去写畅销书、写电视连续剧的时候，任捷却依然钟情于他的诗歌，执着于他的诗歌，这需要勇气，也需要真情。也许那里有"一片宁静碧绿的河水、旷远的田野，有思念，有期盼，有一个令自己独自画圆的世界，不论是梦还是梦醒后的真实，都显得那么珍贵"。

这本集子仅仅是任捷诗歌创作上"最初的灿烂"，我衷心祝愿他"迎着喷薄的太阳不懈地飞翔"……

距离"最初的灿烂"差不多过去了二十年，整个世界已经发生了翻天覆地的变化，仿佛一夜之间，人类社会轰隆隆迈进了信息网络时代。网络世界让我们眼花缭乱、目不暇接，层出不穷的新生事物铺天盖地而来，我们原有的秩序、规则被颠覆，生活已碎成一地，却无处逃遁。阿里巴巴、京东、当当、亚马逊粉墨登场；富豪榜、富二代、小鲜肉、流量明星你方唱罢我登场；微博、微信、公众号、App、小程序、抖音、快手哗啦啦纷至沓来……我们的生活是如此丰富多彩、斑驳陆离，我们的生活又是那样千头万绪，躁动不安。

小任在社里做过编务，兼过出纳，后来搞发行还兼编书，再后来他身兼发行部主任和办公室主任。他哪里是小任，分明就是大任在肩呀。我们天天都能在办公室碰面，天天看着彼此为各种莫名其妙的杂事或奔忙，或神情凝重地盯着电脑屏幕，几乎没有空闲停下来轻轻松松地闲聊一回，瞎侃一场。琐碎的杂务最容易消磨人的意志与激情，我以为写诗早已淡出小任的生活，每天被那些烦人的统计、测算、文件、报告，那些拉拉杂杂的事务缠绕，还怎么诗情画意起来呢?

然而,《喜悦漫了过来》……

编读诗稿时,我喜悦着他的喜悦,感动着他的感动。

心很轻
如同上扬的蒲公英
飘浮云海

生风的脚步
去仰望圣洁的玉龙雪峰
纯净一身尘埃

呼啦啦一列
花落手中
笑意绽放脸上

——《玉龙雪峰脚下》

喜欢穿越雾中的竹林
披一身霞光
喜欢东边日出西边雨
那些年真的年轻呵
看不出的温情
只缘身在此山中

——《庐山》

飘飘洒洒的雪花

异常美丽

引发恢宏的浪漫

扬起山坡

溢向白皑皑的峰巅

以情铺路的旅程

何惧天寒地冻

山再高路再分

望江水奔流向前

信念不变

——《雪夜同行》

来吧，我们排成行

像海鸥一样无畏

无畏的我们，散开去

在沙滩上腾跃、追逐和造型

——《听涛》

　　这些诗句一下子又把我带回到那些正在远去的美好时光里，在远方的山水间，在大海边，在雪山下，在沙漠里，在车厢内，在旅途中，那些有趣的故事，那些难忘的经历，那些美妙的瞬间，那些"没心没肺"的游戏和欢笑，都印刻在小伙伴们的记忆深处，也都化作小任笔下深情的咏叹。哦,那或许正是我们的高光时刻。

在熙来攘往、追名逐利、人情冷暖的当下,小任始终保有一颗真诚而年轻的诗心,一场雨,一株小草,一只鸽子,一座石桥,都会触发他的灵感和诗兴,日常的点滴拾零都是他感怀歌咏的对象,那些绵长的思念,那些淡淡的忧伤,那些微小的快乐,那些勇敢的守望共同构筑起他积极乐观、热爱生活的人生姿态。真诚地记录生活,将所见所思所感都化作美好的回忆,却主动屏蔽了生活中的烦忧、困顿与无奈。这是他的诗歌风格,也是他的为人风格,诗如其人,小任的诗就如他人一样细致周到、宽厚亲和、重情重义,让匆匆奔忙的你恍然记起,"生活不止眼前的苟且,还有诗和远方"。

2020 庚子年,正好是小任的本命年,这本诗集将给他的职业生涯画上一个圆满的句号。托他的福,让我来担任诗集的责任编辑,掐指一算,诗集将在他的生日之际面世,想想这真是一件无比喜悦的事。那么以上文字就权作小刘送给小任的生日祝福,请小任同学笑纳。尽管我们已经老大不小了,但我们依然愿意小来小去,小确幸的小哈,呵呵。

唯愿美好常在。

2020 年 1 月 6 日

目录

第一辑　拾零

第二辑　行走

第三辑　梦幻

第一辑　拾零

千里之外

相距千里
最远的别离

想你，不敢太多
怕远在他乡的你揪心
漫长的冬夜，心开始发紧

信息在掌心闪烁
辉映窗外星空，此时
或许你正沐浴塞纳河旁明媚的阳光
面对源于千里之外的信息
距离仿佛一下子缩短了

郁闷的心，呼出了一口气
似乎能吹胀一只气球
有形的球体
体现不出踏实感
无奈之中，愁绪依然见长

愁到梦里的心思
长出了，一对翅膀

鲜活的气息

裹着丰沛的香
蜂拥而至烟台山坡
肆意地唤醒那一片懵懂

你可以张开翅膀，穿行其间
晃动晶莹的露珠
抖落一滴释放一节故事

回溯曾经的日子
注定要注入一些笑意
做好自己，扮好你的角色

彻寒肌肤的纹理已经模糊
晕的一圈又一圈
就像那记忆中的跑马场

让昨夜的雨疯狂倾泻
荡涤一季的尘埃
纷乱的节奏上演各自的精彩

久违的清新掠过岸边
熟悉的气息渐渐逼近

鲜活了路边的花花草草

那该是一个怎样的风生水起
雨停了，踏着闽江的波浪
你来了

浮在云上的眼睛

在天边，似有话说
为了那一份思念
来一阵风吧，让我飘浮
去过山去过水

让我的眼睛，浮在云上吧
去瞭望那蓝天白云的地方
一个不曾熟悉的环境
熟悉的身影，忧愁的模样

请给我力量，坚持到天黑
不要让厚实的云朵
在白天，散落一场大雨
云啊！难为了
承受不该承受的痛

下吧，不要让痛苦
把你压垮，来一场倾盆大雨
释放一季的忧伤
也许这样，今夜的月儿
升上来，滋润我心

出尘的心

跋涉千万里
一路风景几多怡人几多不堪
其间有定格也有模糊不清
更多的散落风中

忆起那种甜蜜，不知如何说好
烙下的伤痕，可不可以随风
速度减缓了，做不到
像往常出差归来一般淡定

尘埃落定，出尘的心
躲得过喧嚣躲不过的是慌惑
置一张茶桌三五好友
天空蔚蓝，让我放马蓝山

站外什么季节
秋末了吗，是天高云淡
还是落寞横秋

看看枫叶吧，满山遍野的红
散淡的香，似有桂花
入怀为爱

黯然挥手

黯然挥手
拂不去山道的那片愁云
溪水潺潺
淌不尽心中的泪

靠近一个人的忧伤
并非容易
黯然挥手
也许有许多的无奈

告别意味着思念
思念是首难以开唱的歌
时光与距离
如何测定

就像这花蕾
抑不住的含苞
黯然挥手
在半空中定格

并肩同行

有你做伴
颠簸与摇晃
没有倦意
只有亲密接触的紧张和愉悦

峡谷的风
感觉青丝掠过脸颊
似那纤手轻轻抚慰
好不惬意

望窗外瀑布飞溅
沐浴水雾的同时也湿润了心
山仿佛更绿了
难道心也长出了新芽

道途多么遥远
一路无语
望山脚下的溪水
奔流不息

跋涉者

面对这片热土
有些炫目
这是一种怎样的景观
雪从脚下铺设
向远处的高山延伸
防风带
让阳光洒下斑斓的记忆

勇敢的跋涉者
披着金晖
忘情地探索着晶莹的旷野
匍匐攀上险峰
抑不住在山巅疯狂呐喊

唤醒蕴藏千年的热能
那一片风景别致的丛林
在风强劲的吹拂下
呼啸着，展示着优美的身姿
冰封的小溪欢快地奔走着
整个山体沸腾了
这是怎样的壮观
怎样的惊心动魄

白 露 白

秋阳正盛，躲进乡村小院
望向龙眼树梢
就在这里品尝饱满的蜜

麦香飘过的细浪
层层翻腾
有一种冲浪式的激奋

浪花拍过的岸边，背阳处
休憩的日子自由自在
期待白露白

再一次展露剔透晶莹
云淡的天空
仿佛溪边芦苇微微荡漾

贝 壳

与大海有关
浪花的抚慰与亲吻
闪亮无比

小巧的你，精华浓缩
阳光下色彩斑斓
承载的梦想
海边拾遗

追逐的脚步从你开始
温情从你升级
你是大海的精灵
浪漫故事的见证者

纵然已是贝壳
依然无法改变你的美丽
你的初衷
忘却金色海滩深深的脚印

不眠之夜

难忘深秋的夜晚
多想搂你入怀
拥你入梦

可我不能
尽管这对我来说
多么艰难
仿佛置身炉上煎熬

多少难以诉说的情怀
化作了那杯酒
一切的浪漫
停留桌面那枝玫瑰上

太阳已经升起
让我们再深情地对视一眼
紧握新的一天

车　窗

雨停了，车窗斑斑点点
写满了叹词
铺设窗外的小树成行成片

不待有风
落入河面的桃花
流水无声

本该花语传情
舒展腰身的时节
辜负了号称的"爱情岛"

零落河面的梦
展开一幅春色无边的上河图
有农妇在河边洗衣

雨又下了
窗内雾气一片
空气瞬间稀薄得不行

不同凡响

云雾直上山坡，迷离了眼睛
那一片的美，雨后更堪
湿漉漉的花朵，鲜得欲滴

裕如云的衣裳，水波荡漾
纵身一跃滑翔的自如
酣畅的鱼儿一般

揽月水下隐约不定
觅仙在水上翩翩起舞
云里雾里乐此不疲

听窗外雨打芭蕉
梦中醒来，又是一阵暴风雨
肆虐着庭院

二月的天空值得赞叹
动静总是结合得很完美
美妙的乐曲荡漾在峡谷间

不愿入眠

深沉的夜
听得见声见不着雨
午夜已过，我不愿入眠

让心乱着，纷飞杂错
一会儿往前
一会儿往后
让我听听墙上的嘀嗒声

想想过往的那些事
在夜的深处，怎样地植根
怎样地发芽开花
如同萤火虫一般闪闪发光

月儿不会出来了
错过了数星星的岁月
好在数星星的小伙计还在
还在同窗缘内倚窗

春天是一位新娘

这是一个情感丰富的新娘
接受播种
掩饰不住羞涩与幸福
含苞初放

从此，融化的身体
翻腾着热浪
涌动着破冰的喧闹和热烈

不知不觉，心变得异常脆弱
哪怕静夜翠竹拔节
也会常常落泪到天明

这是一个情感丰富的新娘
有着许多新娘一样多的憧憬
渴望雨露滋润
怀想枝头沉甸

为了美好的明天
闭目深吸嫩绿的草香
极力生长婀娜的腰身
展示动人的明媚

大雁披上了金晖

孤雁停泊树林
望穿那布满薄雾的路口
急切中在树枝间跳跃

终于，熟悉的掠影
越过云烟而来
孤雁已不再寂寞
快乐中在峰间盘旋
轻吻山里红豆
轻拂山坡茶树

太阳腾起了，兴奋的大雁
撑破了束缚的防护罩
忘却了林中的保护条例
向前急速飞去

鲜艳而火红的光流泻而下
大雁披上了金晖
这无畏的倾情，永生难忘
听那一声声低吟

当你感到冷的时候

寒冷的天地
用什么为你驱寒
用我灼热的歌声
乘着阳光的碎片
飞过青草地晒麦场还有后山坡

炉火正旺吧
红彤彤映照着不远处的小屋
热浪滚滚
如同刚刚燃烧过一般

寒冷的世界
当你感到冷的时候
用什么为你驱寒
可不可以用我的小诗
那些感性而又痴狂的句子
温暖你

浮在水上的眼睛

闪烁着，潮起海的心绪
铺设层层牵挂
两年未曾谋面的美女
未曾举杯的兄弟
一路遐想

今天，我要将弯弯的忧愁
遗落在月儿弯弯的昨夜
让想念的痛，散落雨花中
让脆弱的心
在大寒之夜展示

空落落的心怀
期待新年的阳光
来一阵风吧，让我
抖擞翅膀，从水面掠过
滑落，我梦的地方

光 线

透亮手背上的血管
生长着不经意的话语
在茶桌上流溢

你打量那一缕缕香气
从不间断，那眉宇之间
竹上的一个节点

话落夕阳，暗淡了小巷
微弱的光线
斑驳了曾经的明亮

原本不变的竹林
摇曳了起来，挥不去
一个符号

归 来 了

行星在夜空向我急速眨眼
紧着的心扉
瞬间亮出探照灯一般的光柱
笔直的跑道
等你向我滑行

出口处不再寂静
鱼贯而出
期盼飘落人群中
挤进人缝晃过头顶
急切让我不再矜持

熟悉的气息向我逼近
激奋涌了过来
悬着的心
松弛了夜幕
眼前不再清晰

归零的夜晚

义无反顾
一阵风
希望撞了墙
高挂树梢的月牙
清冷无语

苍白的小路，寂寥
无助的眼神
望向飘落一地的叶子
挣扎

归零夜晚，梦醒时刻
散落碎片无从拾遗
虚脱的瞬间
雕塑一般悲凉

海 边

说什么似乎显得多余
此时，适合静静地怀想
哪怕是情侣
也依然适合静静地依偎

当最后的辉煌掠过之后
海边朴实了许多
就像简易的竹棚
返璞归真
释放着人们的潜意识

潮水悄悄地涌了上来
顽皮的童真
听海浪拍击礁石的声响
有一种执着

沉重的大幕落入了大海
夜空隐约，温柔的心
风的追忆下，引发无边的思绪
向远方飘去

海说……

有些伤感
在说起天的时候
总想和天一样

宽阔的我
也有狭隘的时候
比如海峡

纵然追到海角
你的边缘
似乎已是海天一线
距离，只有心里明白

普度阳光的时候
掀起层层浪花
直至激动得满面通红
待到冷月高挂
抑不住的落寞和心酸
波光莹莹

你的失意和忧郁
化作泪珠如天女散花

我毅然敞开胸怀
承受着你的痛苦与忧戚

我也曾抱怨
你的冷漠与无动于衷
但我明白高处不胜寒
理解你的无奈
为了宇宙万物
距离，唯一的选择

喝茶的夜晚

一杯一杯
不经意间将夜拉深
把话说深
深到了痛处

曾经辛酸的往事
茶色一般
那么多的忧愁与伤感
无法释怀

浓浓的茶呀
淡出苦涩
留存那一片清香与甘醇吧
与生活做伴

你不会知道
暖暖的心凄楚得不行
浪漫渗入了杯中
如何演绎

魂牵梦萦的地方

是我可爱的故乡
那里有我信马由缰的山道
有我攀登的山麓
迷人的风景诱人的榆树
是我愿意迷失的地方

我的故乡
有我愿意呵护的紫藤
和看不够的美丽小花溪
勇敢的击楫者
抑不住一而再淌水泛舟
流连忘返

想起我的故乡
心已醉
那里有我愿意沉醉的酒窖
可爱的小木房
倚窗顾盼的爱人

加菲猫与米奇

不敢说天作之合
却不失天意
不敢说爱的刻骨
却也一心一意

相恋天长地久
宛若青汁橄榄
不知悔意，只因期待
甘醇的回味

虽说相遇不缺失意
也无法不再想念
毕竟一对"天敌"
还需相恋相依
能够如此这般
实属不易

说一千道一万
"冤家"不聚
必有众多的失意
也是永远的不满意

梦

一阵滑翔
想念着地
打开凝聚的目光
机场的探照灯

锁定目标
任何话语均显滞后
张开爱的臂膀
眼前突然一黑
露落衣襟

曾经的别离
随引擎渐渐远去
一切都显得真实
动情处
嘭的一声
真实的梦碎在窗前
一地苍白

借　雨

我想借雨怀想
怀想那夏日的午后
屋檐滴落的雨珠
在那羞涩的脸上滚动

那时的我想得狭小
就像我清瘦的脸
今天，我要借着大雨
翻开往日夏的画卷
寻觅淋湿的眼帘

我要借助一场大雨
望向淋湿的背影
我想挥动手臂，扯开嗓子
却扯不动那风声雨声

大雨的午后，展示一面铜镜
亮灿灿的心绪无人触摸
临幸一地无奈吧
慵懒的时光
弱弱地雨中摇曳

咖啡（外二首）

顺着时针划着圈
慢慢地
喧闹留在了窗外

培养耐心
品着一本经典的童话
读你一般

苦涩的记忆淡去
甘醇悄悄
驯服心底的野性
时近时远的念想
门前河水一样平伏

天色渐渐暗淡
浓烈的香
沿杯子上扬
秋风已过

味道

有一种执着，在搅拌中
幽香满屋
那墙上映出的棕榈树
流淌的溪水似乎有歌漫过

这富于热带雨林的情感
在唇齿之间徜徉
粒粒咖啡豆的纯朴
不忘初心

留在了潮湿的季节
窗外的夜幕笼罩窗台
从未有过的心绪
沉浸在越来越厚实的气息中

特别的味道，特别的念想
悄然昨夜，想你
在今天，越发浓烈
越发穿越夜色

灵动的美丽

灵巧的身影隐约飘临
似风似雾
音乐四下扬起
顺着旋律　杯中的咖啡
清香缭绕

不经意间长发拂动
妩媚多娇
急切跳跃的烛光
风情万种
如此流光溢彩

惊叹一派神韵
婀娜的身姿
迷蒙对面的心
好一阵陶醉
温情四溢咖啡厅

梨花一片白了

阵风似的吹进园子
越上山坡
梨花一片白了

纷落的花瓣
雪花一般
触摸果子滑得有滋有味

风缓缓地来来往往
穿梭在林子间
透着果香的隐隐约约
寻觅着其间的奥秘

月光闪耀的园区
太阳河的潮水一浪涌过一浪
一幅秋水怡人的画卷
挥笔泼墨

楼 台

灰蒙蒙的天空
雪花片片
满目银妆素裹
一双巧手
平台长起雪人
生动了起来

冰冷的玻璃与钢架
生硬
若不是婀娜的身姿
灵动活络
毫无生气的楼台
怎有柔情流溢

雪人端坐着
憨厚可掬
面对亲手塑就的成果
开心地笑了
眉宇之间抑不住的妩媚
有一些迷人

落 雨 了

想念不再浮在云上
悄悄滑落
轻盈的，直上烟台山山顶

往日的烟尘，四方聚集
像一列列火车，回放节节故事
画卷一般展开

洁白的，那叫一个纯净
行走在闽江，好似点点白帆
往来不定

寻觅的路上，忘不了那条坡
那条巷，更多的，我只能倚窗
模糊窗上的剪影

落在你的窗台

光线淡出云层
缓慢地斜着投向河边的柳树
迟疑探究树下的石椅
余温不在

仿佛就在昨天
再现的故事
唤起那片片涟漪
顺着水面渐渐远去

带着寒意的风
轻轻荡过
尘封的记忆
春光一般漏了下来

今春第一缕光
矜持得可以
怀抱着的希望
湿漉漉有些沉甸

那就让雨来得透彻一些吧
让雨后的阳光能够更明媚一些

花儿更加美丽

纷飞的心思落在你的窗台

美好的假象

多少人不相信
我们会走在一起
因为我们常常
"针尖对麦芒"

多少人曾怀疑
我们会长久地相处
因为我们有些
"水火不容"

可有谁知道
这一切都是一种假象
我们似乎都刻意
将不良的一面表露给对方
也许这违背了恋爱规则

经历了许多春秋的验证
似乎没什么不好
因为真正走在一起的时候
我们想展示不良
显得那么困难

因为我们不需要掩饰什么
该表现的仿佛都已表现
偶尔有所表现
那程度和那所发挥的水平
都欠火候

何况经过生活的磨合
爱的洗礼
我们相互理解和信任
与日俱增

既然这样美好
那就体现一些好的吧
剩下的就没有不可爱的了
你看你稍露微笑的当儿
眼儿弯弯的模样
如泓的清澈
无不透着一种幸福

美丽的故乡

迷雾茫茫的故乡
瀑布一泻而下
不远处
那泓泉眼水波荡漾
柔情有致

淡淡的米酒香自酒窖
醉意横生
展露风姿的雪峰
初度的阳光
美丽的格桑花
风中骄傲

先不说
风起云涌的后山坡
如何生动无比

俯瞰屋前的小河
水流处，潺潺不息
戏水无度

梦 之 旅

意外地踏上了旅程
惊喜之情难以言表
阿诗玛的故乡
竹笋菁菁夺目
层层翻阅滋生新意
西双版纳的溪水不尽
鲜花如潮
大理石的玉柱更是亲切可人
不由倾情地对歌一曲

美丽的金花静卧高脚楼
好一幅睡美人的画卷
怎不轻轻展叶
扬起大手笔泼墨一番

风景迷人的玉龙雪峰
以其独特的魅力
昭示我的勇气
寻觅那可爱的雪莲
陡峭的崖壁
匍匐着往后山攀登

洱海边的柳树下
当一回阿鹏哥
有幸与我的金花心贴心
面对洱海涌动不息的潮水
不经意中金花哼起了心曲
无不渗透着不解的情结
以自己的方式和意愿
受到专利的保护

几经漂洗的夜空
现出从未有过的深邃
已难以言喻的激奋
与美人鱼共浴蝴蝶泉
腾跃波波浪潮

憩息池边的玉洁冰肌
怎不让我怜香惜玉
紧拥怀中，如同重叠的塔影
分不出你我

呵，刻骨铭心的爱
超越贝多芬的第五命运交响曲

梦回故里

翻过一道山坳
一阵花香迎面扑来
美丽的花仙子伫立村口
面若桃花含情脉脉

曾经的丑小鸭已成天鹅
我宛如追风少年
意气风发
在蓝天白云下的湖面泛舟

那山那水那样的亲切
放牧青草的山坡
采撷茶叶
心存故乡的情结

高高的白杨树
掩映小花丛的小溪
静静地流淌
溪边戏水的童真
想想让人激奋一回又一回

太阳喷薄

映山红的景致
曾经的少年
珍藏

秋阳来了

有一缕霞光落在地砖上
暖暖的有些透彻
印记一路同行

夕照将身影拉长
似乎谈笑着
和谐的韵律溢满了画面

散淡的日子
久违的轻松与快乐
归于幻影

青春仿佛向自己走近
曾经的甜美抑不住的伤怀
记忆像地铁的窗口缓缓入站

梦萦的地方

眼睛亮了，想起昨夜的星星
崎岖的小山梁
到了唱情歌的地方
小小的樱桃
鲜活得万千风情

屏住呼吸走过了小桥
高山仰止的气息扑面而来
阵阵山风穿越峡谷
仿佛测试着攀缘的勇气

在不很遥远的险峰
稀薄的空气，隐秘心门开启
豁然开朗的一马平川
扬鞭奔驰

辽阔的旷野
有鹰在丛林上空盘旋
飘着雨丝的小溪越发潮湿
探险一路，多少的愉悦过后
鹰的鸣叫声萦绕耳边
梦萦的地方，静享惬意

背　影

转眼来到了夏
想想日子无端地着急
那是夜空飘着不安的因素
星星不时闪烁

时光在飞逝，离别
意象已经在旋转
目送所及
忧伤远去的背影

水分日渐丰沛的夜晚
闷热得不行
似乎有不少的话想说一说
却如同露珠消失在晨光

岁月如此珍贵
珍惜有缘的遇见
只愿花绽放在彼岸
有香味传来就将那么美好

伞下温情

携着朝气
穿堂走巷掠过古城墙
感受历史的厚重

骄阳似火，我窃喜
伞下温情
铺设一路凉爽

为古老的都市
增添了一道亮丽的风景
因为年轻，放飞激昂

阳光怎么灿烂，没有理会
美丽落在了身边
多少惬意，纷飞彩云间

我的母亲

生性开朗的母亲
依然风趣着，满屋暖意
温暖的日子忽然就有了寒流

忽然的降温源自母亲
无意识重复的话语
一种担忧开始了潜流

潜流的岁月催人老
让我们静坐夕阳下，回望
月亮在白莲花般的云朵里穿行

穿行在不息的河里
去辉映闯入眼帘的云朵
不让感伤的天空落下泪水

母亲呵，牵手的日子
我们不忘，你
在我最柔软的心中

焦　虑

前面的背影
似乎一夜不再挺拔
憔悴得让人心焦

心焦的是，您进了手术室
花白的头发
揪心一路
挺住，我们等您

在日日夜夜的时光隧道里
艰难走过
灰色的时光
岁月呵，倍感敬畏

南澳海边

晚霞铺设的海面
羞涩的面容
风轻柔了起来

一字排开吧，我们同框
美在瞬间定格
细浪轻抚的足迹
有多少往事大浪淘沙
如同点点海星

不安的霞光层层叠叠
拍起了浪花朵朵
曾经的故事，徘徊在海边
可不可以借助杯中的水
让我们回到青涩的水木年华

迷茫的海天
承载着往日梦想的小舟
迎风颠簸

倾听秋雨

昨日土地上的丰盈
已经归仓
炊烟早早升起
烟雨蒙蒙的傍晚

米酒开始飘香
溢过麦茬的那一片田野
没有了苍凉

越下越大的雨
静夜里没有了节奏感
书被翻动得杂乱无章
浮躁
原来并不是酷热的专利

路面走低的雨水
四下的情绪，紧着的风
凋零一些记忆
雨夜飞渡

取　暖

一首情歌
心灵的一次旅程
延伸初冬的雨夜
挂花了窗上的玻璃
忽明忽暗

一窗的音符
跳跃着时高时低的节拍
静心倾听
仿佛有人在轻轻弹奏
时近时远

用雨丝编织一件外衣吧
穿在夜的身上
捂紧今夜的想念
保温着
一起取暖

如果哪一天

如果哪一天，注定离开你
牵不到你的手
我的至爱，请不要悲伤
让我走上那条寂静的小路

因为携手的日子
珍爱过，那树下的倾心
河边的漫步
与那寓言小屋的浪漫
让我享受不尽

如果哪一天，注定离开你
牵不到你的手
那一定是人力所不能及的无奈
请不要伤感
让我们默默地回忆

因为携手的日子
我已心存感激
真爱的世界
哪怕一举手一投足
都将铭心刻骨

如果哪一天，注定离开你
牵不到你的手
我不会害怕
因为你的眼睛是我的灯塔
你的柔情融入了我的血液
让我们的眼泪
在面对大海的那天流尽
让心痛在月光流泻的夜晚淌血

让思念在风月之间的感应中
品味爱的永恒
这一切已经足够
我的爱人

若无其事

把汹涌藏在心底
让说出的话极力平淡一些
矛盾时常纠结着
装得若无其事

如果没有那么多的不舍
怎么会有欲说还休的挽留
若不是为了你的未来
怎么会有欲罢不能的放手

怎能不知，你的离去
再见会是哪一天
我知道没有理由说等待
就让沉默成永远

也许只能这样
让时间去淡化无奈
忘年的故事
也许本来就不该抒写

散淡的时光

静伏房间的沙发里
享受人为的凉爽，慵懒不语
我想与你散淡荧屏上

静静地调匀呼吸
虚拟一段故事，在屋檐下
如同纯朴的时光一般

我们呢喃，呢喃在蒲扇下
放松地躺在长木条板上
享受在藤蔓疯长的小院子里

我想与你散淡在湖边
随意地行走
去望一望水中的倒影

为依然年轻的脸庞而窃喜
哪怕视而不见随波逐流的皱纹
我只想与你散淡，在过往的岁月里

喜悦漫了过来

月儿爬上了眉梢
滋生了故事
开篇朦胧
一片梨花带雨的场景

葡萄架下的石桌上
朵朵梨花隐约开放着
长势喜人的果子
勾起昨夜的好一阵念想
将树梢沉甸甸忧愁释放了
爱不释手

院前的溪水轻轻淌过
频频闪烁，风起处
岸边的竹筏飘浮了起来
想乘着夜色出发

情节渐渐精彩
开始不断地向纵深推进
银光倾泻了
活络起来的美好夜色
喜悦漫了过来

闪烁的星星

急速闪烁的屏幕
跳跃车窗前的目光
透着一种忧郁

不知距离已拉大多少
列车的灯光已刺破黑幕
星星落在了屏上
心拉成一节一节

眼睛远了
屏上的星星近了
这是可以触摸的两颗星星
可以读懂的温柔
让人感悟的万千风情

此时，握住的不再是手机
分明是明亮的启明星
这不断闪耀的光芒
黑暗从我身旁远去
远去

深冬那一轮醉月

寒意逼人
月亮愈发洁白
有些炫目

如此的深冬夜色
品几杯薄酒
带几分醉意
挥毫泼墨
绘一幅风吹雪峰千层雪
雪莲绽放百媚生

清冷的四周带来寂静
唱着心曲
穿越那一片树丛
淌过门前小河
走进家乡的羊肠小道
好不亲切

抑不住的四溢酒香
望望那轮明月
似乎也醉了

深秋午后

不一样的光景，深秋午后
云层薄薄的渗透着阳光
我在岭上行走

熟悉的后花园
喜欢的蔷薇花和含羞草
轻抚的目光
总是那么爱不释手

风吹过来，迷迭花的香味
有一种激奋后的沉醉
舒缓的草甸，扯一片云
就可以睡去

去梦见天池中的小仙女
感受彼岸花的盛开
在惬意中，美得无与伦比

诗歌之夜

水光四溢的寒夜
踏歌长廊惊醒画中人
新的岁月
需要放飞心情
需要诗

浓浓的情怀
似乎听不见窗外的雨声
波尔多的红酒
品味春天来临前的骚动
点点滴滴尽显柔情蜜意

美妙的肢体语言
舞动生命的力量诠释人生
音乐烘托的诗篇
飞渡的激情河流一般此起彼伏
韵味悠扬

雨夜浪漫的夜晚
不能不说美女
妩媚台上台下掩饰不住
就像关不住的春光

温暖可人

这是一个酒不醉人人自醉的时分
诗的魅力
在这多元素的艺术画廊里
诗人们
将有限的空间装扮得诗情画意

手机嘀了一声

手机嘀了一声，不知
是何信息
撞击了一下晨雾

湿漉漉挂在了窗前
楼下的小道不再静寂
今天，又是一个阴雨天

沉沉的窗帘，想不透
远方的那座小桥
河水还是不是那么急不可耐

滚动的雨珠斑驳着
远近的世界层层叠叠
杂乱无序

我的泪水丰润，像风过的芦苇
摇曳着朝向那行飞雁
此时，手机又嘀了一声

台风的日子

狂风暴雨的日子
凝望一片汪洋，狼藉的残景
揪心孤岛上的人儿

远远望去，成行的桂树
好一阵摇曳
艰难的美人蕉挺不起腰

隐晦的时光
藏匿我的忧虑，你的连线
如同乐曲舒缓我的神经

风止雨歇，天空放晴
久违的明媚心底淌过
憋足劲的暗香飘自你
醉了的心在风雨后

短短的距离，小小的离别
不说三秋却有一季荷花的轮回
今夜的天空还落着小雨
想念的心已然全副武装潜向孤岛

听 雨

淡蓝的亮光
铺上水晶草的花架
薄雾中，寂静在漫延

雨落在浓密的枝叶间
有一种纯净，在初夏之夜
弥漫在茶的清香中

听雨，荡涤尘世的烦恼
柔美的明眸
辉映一地水波

轻缓的夜风，院外而来
此时，望向桂花树
似有期待

听雨，慢慢摇落一滴滴水珠
诠释那水晶草的花语
去坐拥满院的幸福

网　聊

以其独特的方式
交流着
快速简捷
缩短了距离

可以熟悉
也可以不熟悉
只要你愿意
似乎可以一样沟通

虽说骗局谎言不少
只要你不贪财不贪色不轻信
不经意流露同情心
网络的世界似乎精彩纷呈

因为屏幕　尴尬忽略不计
看那闪烁的文字
直接与婉转
无不展示它的魅力

生动形象的图片
让羞赧躲入荧屏后

慷慨送出的礼物
虚拟的世界原来也生动有趣

网络的日子丰富多彩
难得见面的至爱亲朋
显示存在
传达问候与念想

微微的水纹

我奔下山坳，去迎接
漫上山坡的香
那纯净的气息透过那层雾

阡陌宽了，炊烟孤直
一种沉寂淡出小路
你的气息，散发在空气里
唇的味道我携带着
原来透彻的寒冷在此刻

我以为我会像归乡的人一样
重温那曾经的熟悉
可我明白，尽管花期不变
花香满天

飞扬的思绪在溪边
触摸清凉
微微的水纹上了额头

我的夏日

热浪袭来与你赏荷
不论荷花是否已经长成
喜欢的就是清新
感受临水迎风的清爽

清爽的我与你击水
看鱼儿追逐
落霞中如何的风生水起
泼墨一方洞天

热浪袭来与你登高
望望云天漂浮的风筝
清丽的剪影多么专注
让我捕风捉影

我想面对一场风雨
洗涤一季的尘埃
隔空呼唤　我的夏日
落寞的笛音

握住生命中的人

滚滚尘世间
牵手相依二十载
实属不易

初识的日子里
炽热的倾情经受着考验
忧郁的眼睛掩饰不住心底的爱
正因为有了这份爱
在芸芸众生的世界里
挤在了一个屋檐下

值得回味的事情太多
不乏甜蜜的柔情
浪漫的温馨
哪怕是烦恼与惆怅
甚至俐齿尖牙的冷战
所有的这一切
都将证实一体化的不可分割
是生命里相互牵挂的人

如今儿子与你比肩
这是我们的骄傲

与希望所在
这是我们爱的见证
是我们生命的新鲜血液
与生命的延续

二十年值得庆贺的日子
我们没有理由
抱怨什么
让我们继续奏响生命的强音
让快乐平安幸福的乐符
洒满今后的路
让不很年轻乃至苍老的手
紧紧握住生命中的人

无处不在

你在我晨起最亮的光线里
绽放一道迷人的风景
仿佛从我昨夜的梦里走出
游离我的呼吸之间

这思念由来已久
就不说那寒冷冬日的夜晚
孤灯的寂寥

在我冲洗眼镜时
闪现人与花辉映荷塘的美丽
涌动同行的甜蜜

在闪亮的荧屏上
不论你是否在线
依然感受着你的气息

你走进了我的书本
我读出了颜如玉
读出你千年修行的深情与无奈
泪水悄悄滑落

夕阳，在不远处

你已不再年轻
比我们的婚姻年龄要接近成倍
那时，你比现在的儿子还要年轻
我们奔跑在秋天的旷野里
看云卷云舒

今天，你又长了一岁
我们一起看纷飞的落叶
开心的笑容透出一丝憔悴
秋风掠过，我们懂得
激奋的气息在渐离我们

夕阳，在不远处慢慢滑落
我们唯有淡定
从容面对，像归林的鸟儿
一般欢快

夕阳西下

当我们老了，许多的无奈
逼近我们，无奈地望向天空
望向身边的路

偶尔想起那年的春天
奔跑在蒲公英飞扬的阳光下
欢乐在浪花里

夕阳西下，时光不自觉地滑行
似乎还有许多事
需要去做

霞光下的远山开始模糊
不经意间
掠过了一丝无助

冬去春来，一阵迟疑
岁月的痕迹落下了烙印
如歌飞扬的青春留在了昨天

溪边小屋

我想着，山那边的风景
留给我的美好，那一种自然
一份仙气，置入我的宝库
让秘密编程信息

那边的空气很清新
像云上的天堂
醉了的模样，云上的日子
终究不是长久

我要带着美人回归溪边小屋
去见那炊烟，听那纯朴的歌谣
我的美人，宛如树上的果实
月宫里的玉兔

我的美人虽说有些迟暮
但也一样春暖花开，山太遥远
我不再上路，守护一份情
闲庭信步，我不刻意

小 商 贩

骤然的雨
路边的小商贩
扯开塑料布挡雨
风起处
慌乱地扯住扬起的雨遮

不知是该去躲雨
还是应该保护小商品
犹豫间，雨停了
淋湿的刘海儿
掩饰不住忧愁的眼睛

又一阵风雨交错
小商贩有了收摊的决心
雨却像顽皮的孩儿
再一次跑得无影无踪
茫然的目光望向风卷残叶的小巷

小鹿的欢快

夜静了，暗淡袭上倦容
望向墙上的时钟
不忍休息

悄悄地流失了许多
星星穿越了沙漏
有多少的梦留有残痕

美的过了不美的也过了
数着过往
总是脆弱的

好在今天的跑道
似乎唤醒了青春岁月
虽说没有了轻盈的频率

但我看到了小鹿般的欢快
夕阳铺设
笑容映在风中

休憩时光

尝试着休憩，让四周静下来
小半天了，日头似乎没有移动
跌落在微风里，没有欢喜

七月的风，疲倦不堪
躁动了小区水池里的鱼儿
一派慵懒的午后场景
这样的时光往后的生活中
也许成为常态
那会是一个怎样的念想或是没有

尽管很多时候不愿在忙碌中前行
也想照着自己的意愿生活
春天已经过去了，曾经的火焰
那是曾经了，不要还在贪念过往
青黛之色已经临近

让不甘之心遁入苍茫之中
静听平凡的声音
无须多说什么

遥望石桥

幸福的人走过
落下了幸福
盛不下的幸福
满湖流淌

一波一波的浪花
绽在了心里
美好的故事说着那风那雨
一段一段的光阴
记忆悲欢

这是一个让人怀想的地方
一个不敢靠近的隐痛
多少纯真
多少激情拍岸

遥望石桥
无语不尽的流水
多少映像
如同纷飞的云烟
阵阵缭绕

也许……

今天想了，明天就去做
结果不论
留待明天的明天评说

不要总是今天想想
又想想明天

无数的日子告诉我们
停留在想想上是安全的
但意义似乎不大

哪怕是把想想进化到口头上
与行动还是有莫大的差距

话是这么说
可做什么好呢
还得想想

也许这就是一种悲哀
一种无奈

荧　屏

夜深了
荧屏的光还在跳跃着
宛若溅在窗台的雨

从遥远说到今天
写回了过去
持续，静默，持续
雨声渐大
如同平淡走向了激情

烫手的字眼
紧着窗外的风
肆虐

又见雨夜

执着的雨纷纷扬扬
添了思绪
如同后院的紫云英
顽强地探出了芽
似迷茫

网络一般交织的天地
心放入，不说忧愁
不做往日底片的冲洗
那是过去时
亦无趣

一惊一乍的响雷
抖落一季沉闷
窗外的雨
掩饰不住荧屏上的生动
与精彩

云窝时光

阳光像喷泉一样
很惬意地迎接秋分的来临
舒展的身心平伏着

秋色太过迷人，不自觉地
去寻觅那一个又一个的景观
不负天高云淡下的美丽

正值午后，懒洋洋地
有种丰收后的宁静
甜美得如同湘云醉卧芍药裀

轻飘飘的云浮动着
仿佛重回青春
尽情享受一场又一场盛宴

深浅不一的光
从眼帘流过
陶醉在云窝里

嘈　杂

耳根经历太多的嘈杂
纯粹有了斑驳
那种流水的清音淡了
音箱漏了气

初时的路已经不见
寒冷的风，听不见呼啸

纵然午夜也失去了听雨的耐心
还你睡眠，可不可以
以书的清香，散发荷叶的味道
裹一首小诗

郁闷日子

面对时光有些慌惑
痴望着窗外移动的云儿
无端地叹息
不在乎虚设的繁华
也不在乎世事的纷扰
哪怕是曾经的远方
也变得淡然

日子一天天地过去
似乎少了什么
空落的不像是到了夏天
时常有凉意潜流

就有了简约的想法
视线少了许多的活力
拿什么填补虚弱的心房
是与书为伴
还是去享受清风的抚慰
来一首歌吧，来一首
散发郁闷

第二辑　行走

雪域之歌（组诗）

米拉山口

身在此处
不知秋
稀薄的空气
弥漫寒意

望向远方
一派旖旎的风光
震撼的美丽
透彻尘世

一种清冽一种淡香
在高处
傲然屹立的雪莲
鲜艳霞光里

追逐蓝天下的白云
悠然自得
可以与月对话的地方
忧愁不见

五千米的雪线
测试着
不仅是你的体能
还有品格

尼洋河畔

湛蓝的河水
辉映雪峰的苍劲
心上扬

夕阳远去
夜幕迟迟不肯落下
似有等待

天空有了星星
岸边多了徘徊的身影
藏北小江南来了多情人

面对纯净的河畔
倾听天籁之音
已然沉醉

风紧了
气压骤降
期待的人在梦里

前往日喀则

雅鲁藏布江
在此处　瘦身
小峡谷也气势

秋阳执着
黄澄澄一路
牛羊悠闲在青稞茬地

这是一个漫长的路程
有足够的时间
怀想你的喜悦和忧愁
爱与不爱

白杨树与发黄的柳树
有些顽强
愿望在临近
目光虔诚

绕过此山
眺望金顶红墙的扎什伦布寺
风中飘拂的五彩经幡
去感受吉祥

雪域高原

处在高原
你会觉得
平时忽略的东西
何等重要

就像平时爱护你的人
并不被你关注一样
也许你看不见
就像看不见这无色无味的气体

处在高原
你不可过于兴奋
需要淡定
都说高处不胜寒

处在高原
经历一种人生体验
以虚怀若谷的目光
寻觅圣洁

纳木错湖

冰雪逼近
平添了勇气

凡尘的心
感受着一片纯净

天很近　云很淡
清澈的湖水
抑不住的兴奋
触摸着一湖温柔

怒放的心花
婀娜多姿的倩影
纳木错湖边
飞扬

有歌要唱
为灿烂的阳光
妩媚的笑脸
飘在天外

追逐美丽
放纵一种野性
在心路
渐行渐远

下 雪 了

雪落着

急速冲击车窗
好一阵惊喜

意外的雪
活络了车厢
情绪高昂了起来

一路欢声笑语
纷飞的雪花
落在了贡嘎机场

此时　离别处一片寒意
温馨的定格
慰藉离愁

行走西藏

伫立贡嘎机场
洁白的哈达温暖心窝
纯朴的高原人热情四溢

五彩的经幡飘拂蓝天下
万千虔诚的信众
面朝神圣的殿堂
三步一叩首
金灿灿的转经筒

转动着吉祥与祈福

顶着七星北斗
美好的心情从现在开始
沿着冰雪之路摸黑行进

阳光初度
辽阔的草原放纵了轻狂野性
一路雄浑
追逐原来可以这般肆掠
收缰吧，羊卓雍湖边
偌大的镜面梳妆一湖的温柔

苍茫的雪山屹立着
透着一种坚强
没有雪莲不见一棵小草
孤寂顺坡而落无从拾零

夕阳迟迟不愿落到山的那边
炊烟扬起，青稞酒飘香的时候
酥油茶将夜慢慢煮透
歌声扬起

寂静的天边有月隐约
有情倾诉，默默流淌的湖水
波光莹莹

雕 像

河边那座雕像
在一片清丽的月色下
羞涩的神情
抑不住心中的激奋

凝固的记忆
在虫鸣中
散落封闭的闸门
拾零

这是一个容易引绪的夜晚
河水开始躁动
似乎没有人能够停止遐想
没有人能够拒绝天籁之音

长久的守望
失去前往的勇气和力量

刚刚启动的心思
只想借助扬起的风
将蕴藏的希冀
落在曾经熟悉的窗台

飞 天

彩塑在壁上
凝结厚重的民族文化
和永恒的艺术

走出壁画
走出沉重而又自豪的历史
漫长的丝绸之路
裹上婀娜的身姿
一群小仙女反弹琵琶
如泣如诉的音符浮出小径

似梦似幻的飞天
手摇半弦月
听遥远的天际
泛起《平湖秋月》悠扬的旋律
飘向初露的光芒

今天，走出千年不变的姿势
活络凝固的思绪
以万千动感
演绎厚重和永恒的内涵

风 雨 桥

薄暮渐渐隐没
伫立风雨桥边
河面漂浮的点点纸灯
一片迷离

望承载平安吉祥的星火
穿越风雨桥，我不知道
思念的距离长过宽宽的河道
为何跨不上风雨桥

假若如同风雨桥上
那对幸福的人儿
亲爱的，你是否愿意
暮色时分河边棒击长裳短褂
灯下绣荷包
假若真能那样
我愿意手持长篙顺水而下
吊脚楼前唱山歌

蓝底碎花般的夜幕下
河水静静地流淌
不见你的回音

惆怅一片

在隐约的情歌往来声中
一阵悲情
从心底直冲眼帘
好不酸楚

古代女子（五首）

上官婉儿

有幸生长
似乎不是男尊女卑的时代
你的才能得到了充分的展示

十四岁掌管宫中诏命
且不说那么多可望而不可即的政绩
随手洋洋千言
无不叹服
虽说没有丞相名分
有着千古第一"女相"之称
实至名归

这一切，仿佛不足体现你的才气
不仅诗文了得
还代朝廷品评天下文章
可见一斑

你以特有的聪明美丽
抖擞浑身解数
周旋危机四伏的朝政

无奈世事飘摇
注定你的一生凄美华彩

卓 文 君

一曲凤求凰
仿佛忘记自身的不幸
一见钟情
月下私奔
演绎旷世恋情

曾经的富贵女
情愿布衣木屋为生计
贫贱夫妻
两情相悦长相守

待到云开日出
穷书生腾达锦绣
移情别恋的司马相如
想当负心郎

你的《白头吟》
你的痴情与才气
让摇摇欲坠的爱之大厦
没有垮塌

让爱情佳话千古传颂

褒姒

纵有国君百般宠爱
也不开心
纵有万千财富
也无法博你一笑

好在君主权力无边
烽火戏诸侯
也许是久居寂寥深宫
当看到纷涌赶来的各路兵马
你却笑了
此时，高高在上的君王
开心的是爱妃欢颜
哪还知道诸侯的愤怒

玩笑不可以开大
哪怕你是君王
这种自毁长城的事
结局惨痛
自古不乏教训

妲 己

不仅美丽而且妖
迷住昏君
不仅有心计而且歹毒
否则镇不住不可一世的纣王

狐狸精
暴君
一丘之貉
暗无天日的朝代
祸国殃民
周武伐纣
想必大快人心

只是妖艳
自古不可小视
哪怕心如蛇蝎的妲己
哪怕十恶不赦
留有祸患
杀
不忍

夏 姬

国君青睐不易

先后三位国君宠爱
更属不易
一生七次结婚
你的勇气
九个男人因你而死
九为寡妇
足见命运坎坷与凄美

好在你的魅力常在
不乏追求者
知道了你
似乎知道了一个开放的年代
自由的空气
知道了你
仿佛知道了拿得起放得下

你的经历
算不算
开天辟地
敢爱敢恨第一人

行走花海

一路走来
鬓角微微发痒
倒影溪间，原来
春风十里伴我花儿开

孔元村，整个上午
我追逐蝴蝶和小蜜蜂
在油菜花绽放的阡陌间行走
别问我的心情
看看辉映白云下的鲜艳

别问美在哪里
看看身边同行的旧枝新花
怎样活络了风景

漫过来了，漫过来了
让我"湘云"一回吧
不愿起来

行走平潭

迎着海风，灿烂在阳光下
曾经的渔村难以寻觅
唯有淡淡的气息浮于水面

大福湾的大海岸
铺设一片蓝
在四月的天空下闪烁

隔离阳光和风的仙人井
每每焦虑了，想着蓝眼泪
失落在半洋石帆上

羊儿的叫声，散落于山崖
将军山显得有些寂寥
野生的枇杷点缀了满山的翠绿

岁月的沧桑正在淡去
一浪又一浪的波涛
有梦在启航

呼应深秋

狂风侵袭的周遭
天边还悬着一朵心形的云
把小径点亮

倘若你远远走近
朦胧的天色下，多了诗意
没有以往的伤感

你或许是温度计
测试着季节的冷暖
可以搅乱心境

黄昏在烟尘里散落
隐约的灯光
隔绝外界的一切杂音

享受夜晚的微弱光线
立体的一阵又一阵冲击
呼应深秋

行走甜蜜

生风的步伐
云雾留在了山后
一路欢声笑语
山高路远没有疲惫

清新的小路
步出矫健的身影
并肩灵动美丽
携手欢乐

山风徐徐
抑不住的喜悦
写在了脸上
欢快了山涧小溪

移动的花伞
渗透伞下的温馨
以情铺设的路
行走甜蜜

荷　花

艳艳的太阳
如同音乐发烧友滚烫滚烫
你笑得很美丽也很从容
根让你很淡定

不论你醒着还是睡了
一样让人心动
不论含苞初绽还是迎风灿烂
你的鲜亮
带活了一塘池水

哪怕是在梦里
依然保持着动人的身姿
月光掠过梦中的你
依然漾溢着蜻蜓点荷的羞涩
也许这样让人亲切唤你
——睡莲

宏　村

古朴的气息小巷而来
麦顶书院的学子
鱼贯而行，目光伸长
沿着石板路四下寻觅

同行的美女们，请留步
坐享美人靠，亮丽
片玉一回廊
用散淡的心，古典一番

一条小溪穿越古村落
平添了些许灵气
盛名在外的南湖书院
厚重的氛围，走街串巷

粉墙灰瓦的屋檐下
纸糊竹笼，透着一股风雅
散落凝雪斋
一个清心茗茶的好去处

铺设银杏叶片的花园
回望青涩无知

倚栏凭窗，听虫鸣竹音
去吟诗作对

当月上天边，漫步石桥
我的佳人，软风徐徐
有一场约定
可不可以如期

华 清 池

汤池的源头还冒着热气
仿佛千年不断
谁自诩贵妃
试图泡一回池子

来这里就是去了一趟唐朝
有太多的曾经需要了解
都因贵妃池的缘故

褪去霓裳羽衣
披一袭薄纱
舞动一池的水波

这一切似乎没有结束
骊山晚照下的美丽
宛若贵妃出浴
浪漫的事才刚刚开始
温情不可言说

皇城相府

远远望见迷蒙的古老城堡
有一种急切，在细雨纷飞中
仿佛坠入历史的烟云

滞留皇城相府外的现代气息
单薄小贩手中的雨衣
追逐着尾气，浮躁四下散开

厚重在城内府中演绎
九进士六翰林的显赫地位
多达三十三位的诗人有作品传世
无愧清代北方第一文化大家族的称号

杰出代表宰相陈廷敬
长期担任康熙皇帝的经筵讲官
也是康熙皇帝的股肱重臣
参与国家机务达四十余年功勋显著

一座保存完好的城堡式建筑群
庭院楼台精巧秀丽
还有着不可多得的防御体系

金鸡山公园

奔赴聚集地
急急的
情约一般

豪迈的雄鸡昂着头
熟悉或已不很熟悉的面孔
时而惊喜时而失落

亮亮的春光下
踏青，无心留恋迷人的风景
敞开或羞赧地半闭着心扉
说着遥远与那不很遥远的同窗之情

春色层层叠叠
记忆从眼底恍惚到了烟台山脚下
那天真那活泼乃至淡淡的忧伤
无不呈现稚嫩的可爱

春光无限生命有限
留住这美好的日子吧
让不再年轻的脸庞
定格，那一份欢喜

九龙山掠影

远望奇石叠就的山峰
我要携美探险
哪怕额头撞上了峻岩

沉在了护花者的心里
也拦不住
向上攀登的勇气

一路的艰辛
留不尽的倩影
让风轻云淡的秋日

有了别样的喜悦
一种自豪
绽放在峰之巅

君 子 兰

向上呼唤着
霞光下的一束喷泉
有一种执着
君子一般目不斜视

高洁的情怀千年不改
哪怕在山涧哪怕在小溪
幽芳似近还远
不改初心

如同一只云鹤落入水中
唤醒一池温柔
痴情，总在秋水后
有些凌然

空中之旅（四首）

观　日

欲寒还暖的时节
偌大的机场
初度霞光灿烂

翻腾的云海
透着缤纷的梦
蝉翅沉稳
语絮失重

此时　最能感悟
逆风才是前进的动力

俯瞰喷薄的太阳
辉映在深云的夹层间
那是一种怎样的景观
领略太阳的二度升腾
有幸在今晨

空中遐想

浮在云上
遨翔在中秋的夜空
不再空寂的心
有那么多的牵挂
丝丝细流入舱
嫦娥呢喃

不在乎　处在何高度
有种道不明的感觉
我的爱人
你可知晓

我只能逆风的意愿飞翔
感觉自己有所失重
好在月儿临窗
仿佛伴我同行
真的　我想揽月入怀
遐想入梦的美丽与温馨

在云层的上面

在云层的上面
仿佛冰块浮在水上
稍不留意滑向千里

此时　天外来风
有股凉意的感觉

在这有限的空间
容纳各种肤色和不同语言
微笑服务
拉近了距离

透过窗眩
目光与太阳相会
心暖洋洋

当将要回归地平线的时候
仪态端庄的空姐
礼貌地向女宾赠送鲜花
小天地缤纷了起来
气氛越加温馨

不知为何　最抢眼
依然是那朵斜挂的紫荆花
好心情总在不知不觉中升腾
也随着不断的失重而失落

穿越云层

美丽的蓝天白云

曾经那么高那么远
今天　似乎伸手可及
这感觉真好

透过薄雾
俯瞰芸芸众生的人间
像一幅生动而又多彩的海底图

冰雪覆盖的山峰
如同丛丛迷人的珊瑚
茂密庞大的树林
宛若飘浮不定的水草
看那奔跑欢快的列车
只是天真可爱的小蝌蚪

刮风了吗
为何团团白云
急速从身旁而过
仿佛自己
乘一叶小舟在轻轻摇晃

穿越云层
迎面火红的太阳
展开灿烂的金辉
这是一种难以言喻的神奇
心路　不能没有
一条辉煌与壮观的通途

腊 梅 颂

都说你傲雪
迎风在山崖上
哪怕脸色蜡黄也无所畏惧

以常人难以想象的忍耐力
承受着那一场风霜
为生命谱曲

苍茫的旷野，因你添了色彩
你的坚守，俏丽了那枝头
活络了那一片云

你从不为自己的处境担忧
极力展示自身的美
你美得简单，有心自然

蓝色歌谣（外二首）

急速的白浪
欢悦直上天边
有一种辽阔延伸无限

曾经的歌谣，枕着
一波一波的海浪
铺设一船的情

放飞你的心，静静地想
那无垠，抛开烦恼与忧愁
直至雨落甲板

海浪腾起的阵阵海风
汹涌的心淹没在海天之间
懂得渺小，争取强大

蓝色的梦

奔放的节奏撞击那一片窗台
散落船舷淡淡的月光
承载那美好的念想

将巨浪隔在了旋律之外
爵士舞曲奔放着
血脉偾张急速奔跑

你来了，温暖落在了身旁
音乐舞动着如同海浪
让美丽提升

这就是盛典
静静地融入音乐的海洋
畅想那蓝色的梦

海上月色

海面抹上了一层眼影
深邃得无边无际
朦朦胧胧间有了柔波
美妙的水中天
在旷远的海天辉映

漂泊四方的人儿
有了暖意
有了从未有过的心情
在动感中观望这醉心的景致
蓦然回首
去得再远我一定回来

面对阵阵来风
流溢的光华
思绪在浪花中摇曳
飘向水天一线的那方

梨 花 泪

有一种酸楚
在深夜越发浓烈
沉沉地向夜的深处滑落

甜美的日子
不知从哪一天开始
成了断片

是什么在从中作祟
让近在咫尺没有了感应
哪怕是前后脚也无缘相见

总以为风是和煦的
可以自然随性，简单明了
散淡的日子也有沉重

今夜，翻晒过往
晨曦洒落的树梢上
点点滴滴梨花泪

芒　果

四季坚守路边
挡风遮雨
什么也不说

痛苦在这个时节
被人敲打
像路边的弃儿

不管你的脸是否吓绿
还是根本铁青着没有成熟
一股脑儿敲你落地
摔得鼻青脸肿满地乱滚
要不就烂在了地上

好一点的将你兜在袋中
不至粉身碎骨
却也逃不了被黑掉的命运

美丽的果园

回到故乡
月亮圆圆地挂在天上
夜风裹着酒香
飘浮累累硕果的园子
仰视悬挂的梨子
甚是迷人
抑不住吞食的欲望

天色有些散淡
寻觅暗红的草莓
酸甜溢满唇齿之间
有一些急切
不待品完一颗又并入了一颗
久久地品味

月光铺设丛林
活络的果园溪水潺潺
鸟儿急速盘旋
归巢，有一些疯狂

美人谷遐想

这里已经完全被春天敞开
特有的清香，徜徉着
这片温暖的水域
惊喜源自美人鱼的浮出

总在眨眼间，一道美丽划过
活络了风景，悠闲的云
醉于溪边的香茗萦绕不去
漫不经心的鸟儿似乎也忘了鸣唱

这是一个散淡的日子
望向满坡的枇杷
忽然就牙根发酸，想想春天
也许就是这样酸出来的

泡在温泉里
遐想着我的遐想，此时
美人谷，看似静的
心不一定

美在古城

古老的城墙
在久远的石板路上延伸
急促的跫音
撞击城楼的铜钟
悠然的余音
亮丽一道风景

朴实的竹笠下
似水如银的明眸
惊得颇具地方特色的窗台
露出探究的眼帘

乍起的波光
让屋檐的花灯
宛若婀娜的腰身
眉目间，一种眩晕的醉意

飘香的米酒从屋角溢出
交融古朴与新潮
美在古城定格

牡　丹

颇具贵妇的绰约风姿
淡然聆风
赏心悦目的光彩
透着一种吉祥

一览无余
也许不是最美的境界
含羞带露的娇艳
在薄雾缭绕中迷人

冠以二乔的花朵
承载了历史的烟云
掩饰不住的凄美
诉说曾经的金戈铁马

美丽似乎不乏传说
灵性的仙子
融入《镜花缘》多了一份念想
更多了一份期待

南后街

修复一新的老街
除了满心欢喜
有些迟疑

石头垒起的崭新坊门巷口
缺失往日韵味
岁月需要留存一些印痕
需要像那雕塑映显人为沧桑

小店铺列一排，还原木质结构
试图展示昔日风貌
假若多一些历史元素
多一些古朴，也许更耐看

充满记忆的南后街
掩饰不住三坊七巷的厚重
鲜活的历史人物
厚实的文化底蕴
街头巷尾拾遗
围墙斑驳处浸透的泪痕
诉说凄美的故事
弥漫着骄傲

葡 萄 园

一望远去
云浮在那座山巅
喧闹的声响渐行渐远
大地归寂

暗红的酒映着落日轻轻晃动
散淡的心
缤纷的河水载着花瓣悄悄而去
梦起的地方

仿佛遥远的杰梦庄园
四溢波尔多香气的葡萄园
抑不住念想
点着星星点着酒

隐约的岸边水鸟落单
一江的烟雨
随风写意
酸楚的眼睛模糊一片

秋行（外一首）

螺洲古镇

风从车窗掠过
尘埃落下，眼睛透亮
小激奋的心，如同
天边偶落的雨丝

细说着古镇的苍凉
曾经的荣耀需要静心体验
那一门六科甲的荣光
散落在偌大的宅院

那一座座彰显伟业的亭子
似无尽心护理
哪怕抒写着帝师之乡的石碑
也让后面简易的小棚少了庄严

纵然这样，敬仰的心
堤外的江水一浪高过一浪
岁月的沧桑，喻示着
往事如烟的无奈

林浦古村

走上御道，气定神闲
南宋小朝廷驻跸之古村落
曾经的抗元政治中心
演绎着可歌可泣的故事

今天，伫立濂江书院
惊叹进士柴坊，七科八进士
显赫的尚书里，三代五尚书
感悟千年古村历史的风骨与辉煌

高高的院落，巨贾林寿熙
抑不住的富有
渗透厚实的院墙
让人去遐想

莘莘学子唏嘘不已
风萧萧兮，其路远矣
回荡着朱熹诗作《泛舟》
一路且行且珍惜

沙坡头

驼队走在了高处
串串铃声渐行渐远
茫茫黄沙连上天边那朵云
云很淡太阳很烈
一切似乎不影响驼队的脚步

戴上牛仔帽，酷了不少
似乎动作也有些奔放
裹紧的女人
颇具西域风情
温柔落在沙坡上

这是一个适合勇敢者的天地
看那滑沙滑草蹦极的刺激
难忘摩托冲浪车奔驰沙海的惊心动魄
你才知道什么是勇敢
什么叫有趣

太阳高高地挂着
似要见证跋涉的艰辛
与那一片快乐

白　露

昨天是白露
比霜更白一点的是天边的月儿
今儿起，风吹得紧了

这个时节可以坦露的东西不多
彷徨的心绪增加了不确定
望向雨幕茫然若失

差不多人生也已经走到这个时节
已近成熟的阶段
是不是就能够沉稳的处世

我无法丈量走过的路
想用一颗龙眼测试人生的甜蜜度
无论如何，都只能尽力走得稳一些

卧龙先生

走近卧龙岗，走近智慧
这里的一草一木
充满着卧龙先生的灵气
群雄割据的三国时代
因你的才能与睿智
演绎了无数动人的故事

你轻摇扇子，运筹帷幄
决胜千里的气魄
千古传诵
无数次危难之时
你神情淡定，巧退敌兵
令人叹服

当人们惊叹你才华的同时
无不敬佩，你鞠躬尽瘁
死而后已

你上知天文下知地理
旷世之才，有谁能比
千百年来你是智慧的化身

西安古城

似乎不敢用力
踏上古朴的街巷
怕一不小心，扰乱了
那一份宁静

十三朝的古都
迷茫着那么多的神奇
我们张开那一根根神经
触摸一片瓦一块砖

仰望高高的城墙
曾经的金戈铁马已经远去
飘荡的旗帜没有了硝烟
震撼的呐喊声隐约响在城外

厚重的历史散淡在眼前
我们渺小得仿佛不敢变老
在有限的岁月里
唯有一起笑看人生

小 叶 子

翠绿的
一片又一片
哪是你
别说小的
小的又是哪片
真真急人

你静静地望着
看那猴急
偷乐
叶子本来就很天真
何况有一个小字
平添几分可爱

可爱的你与世无争
愿意平凡
尽管你很优秀
哪怕落叶了
依然展示最后的绿
为来春愿意归根

银杏树下

在深秋的花园深处
你和银杏树疲惫了
卸下片片倦意
落满一地灿烂

原来亮丽
并不只是挂在高处
就像席地而坐的你
一样动人

低矮的灌木丛
和那高高的银杏树
在霞光的沐浴下
掩映一道古朴的长廊

轻轻触摸厚厚的记忆
培育一些养分
绽放迷人的笑靥
银杏树下生长甜蜜

携着太阳飞翔

携着太阳踏上舷梯
穿越遥远及至不很遥远的云朵
向前飞翔

这是充满热情与探秘的旅程
处在不同肤色和不同语言交汇的空间
有趣而不失好奇的眼球
收获自然不少

一路无数的名城佳景
不知不觉中远去
曾想将太阳放在浪漫之都
却无法看到同一日的太阳
升腾在埃菲尔铁塔上空

此时，塞纳河畔
正是玫瑰四下奔走
灯光与星星交相辉映
温情四溢的时光

浪涛千顷的河花
好一阵暖风热浪惹人醉

异乡客
怀着热烈枕着如水的月光
梦游温柔的河

古井传奇

一坛一坛渐成海
盈盈如波
望成了一片朦胧

软软的风呀
那股香
远在千古
源自九酝酒法

悠久的古井镇在刀光剑影中
演绎魏井的传奇
独具"四绝"
延伸"华夏第一井"的美誉

魏井有声有色地美着
宋井创造奇迹
从地下红透半边天
似乎预示今天的辉煌

只待有歌的日子
智慧蕴藏美丽
桃花春曲缓缓响来

透着骨子的浪漫
取井下三尺作无极之水
风骚不已

渐行渐远的响铃
承载千百年的艰辛
功勋不仅仅是人
原来也有明代窖池

自从曹孟德的第一次进贡
梦开始起飞
谱作有情无情的漫长岁月
一心一意的人哪
那么多的金质奖牌与荣耀
映像 4A 博物园

一切仿佛留在了昨天
今天　依然执着
舒展歌声的翅膀
在风里在淡淡的清香中
向着高处
向着阳光普度的高处飞翔

鹰

俯在云的上面
有种想触摸的欲望
眼前雪地山峰
涌现曾经跋涉的艰辛与愉悦

巨大的气浪
升腾急剧的战栗
奔腾起来的云朵
千万只的羊儿
向天边狂奔

追逐　潜在一种风险
鹰的性格
乌云飞渡满天
企图裹住鹰的翅膀

睿智的鹰
何惧变幻
好一阵左冲右突
身披霞光万道
云中散淡

雨落琴亭湖

缓缓的步履，步出亲近
亲近得泛起了波光
映现那一份甜美

荡漾的心，风疏雨骤
清新的空气，不再没有触觉
琴亭湖，拉上了道道雨帘

有了你顾盼生辉的明眸
就在湖的那边，扬起了古筝
模糊了驿站的车窗

此时，适合窃窃私语
如同湖边柳枝下的鱼儿
吧嗒吧嗒地不息

岸边上下，呼应着
传递，永浴爱河的旋律
有了雨打芭蕉的韵味

携 手

难道桃花
也喜欢黄龙山的俊逸
开在了高原

美丽的五彩池
隐约有湘云醉卧的身影
头顶茫茫冰雪
脚踏片片云朵
好一阵飘浮

携起手吧
以相同的节拍
拾阶而下

怎能不惊叹
如此娇小而细腻的手
有如此的热能
慌乱的心
一路握住
七上八下的脉搏

雪夜同行

寒流从岷山
骤落弯弯曲曲的蜀道
飘舞的雪花落实冰雾车窗
霜红车内的脸庞

有一种彻骨
磨炼意志
企图冻结情感

飘飘洒洒的雪花
异常美丽
引发恢宏的浪漫
扬起山坡
溢向白皑皑的峰巅

以情铺路的旅程
何惧天寒地冻
山再高路再远
望江水奔流向前
信念不变

灿烂的雪莲坚毅高处
有一种精神在升腾

驿　站

沿着山道轻快地向前
空气向金属两旁流淌
如同两边的小树
说着一种速度

山区气候的变化
车子的速度
顷刻，大雨狂泻车窗
雨刷器的档位
与车速成了反比

泥泞的山坳
留住了空转的车轮

一路的忙碌，停歇
曾经不敢侧视的目光
发现了美丽与温情
宛若山坡的树林澎湃

原本纷飞窗外的激情
呼啸在有限的空间

延　续

焕发光芒的心
仿佛在雪域中穿行
着迷于一路风景

我们一起描绘我们的作品
那饱满的热忱
创作的惊艳活泛了山水

今天，幸福的延续
知遇的感怀
我们翻山越岭

思念化作了风
成为天边那美丽的云朵
感动时，一片汪洋

总有那么多的爱意要表达
像临近黎明的树丛
一眼的晨露

此时，鸟鸣在幽静的峡谷间
穿透岁月的故事要铭心

要去刻骨地写意

挥毫泼墨尽显潇洒
画了一幅又一幅
有一种酣畅淋漓的感觉

草叶的脉络

软风阵阵吹着古街
旌旗户户招摇
是酒肆还有茶庄

望尽那条石径，心生好奇
半掩的那扇小门
曾经的故事一定暖怀

院内的灯光渗透墙外
美目顾盼卷帘后
多少柔情影绰竹林

如水的月光留在古时
琵琶音律仿佛还在萦绕
萦绕的似乎还有低声轻唱

暗中涌动吧，桂香
风来过，雨来过
草叶的脉络把我的想念滋润

天　池

瓦蓝之间，一片白
坚毅高处的雪莲
生长的地方

这里也许不需要说话
需要静静凝视静静怀想
神奇而遥远的传说
惊破一池梦想

心海泛舟的地方
不经意散落的话语
疑似天籁之音
满池游走

溢上水面的故事
引领温暖的神经
畅想牧马南山的那些日子
狂野的追逐满坡记忆

笑傲春天

大雨滂沱一夜
决心将沉浸一季的大地
冲刷干净
不经意间打湿了云雀的翅膀
惊醒了最后一场冬梦
嫩草的清香四下游走

也许你的生命也是这样开始
与生俱来的清新
挥之不去
与众不同的气质
鲜活亮丽

蓬勃的时节
记忆总是那么温柔又灿烂
再多的迷惘
在这个季节也不失方向

天地之精华，滋润你
展示笑傲春天的勇气
与走过四季的睿智

妈　祖

伴着潮起潮落长大
听懂涛声读懂了大海

大海赋予你灵气
赋予你博大的胸怀
你从小生就慈悲的情怀
传说，为救商船你点燃自家的房屋
燃成火红的"灯塔"
为之导航

早在 987 年农历九月初九
因救助遇难的船只
你献出了年轻的生命

你的舍身博爱
惊动了宋徽宗
于是，御笔一挥
湄洲湾出现了第一座妈祖庙

就是这样一位平民女子
先后得到 14 位皇帝 36 次御批
确实不易

如今　海内外建起了 5000 多座的宫庙
似乎有水的地方都闪着你的光环
你是"人间奇女子".
人们亲切地叫你默娘
尊你为"海上女神"
你的信众多达亿的倍数
供奉你为慈祥无比的"天上圣母"

第三辑　**梦幻**

不敢触摸时光

时光有些脆弱
一不小心太阳就要回家了

朦胧起来的世界
迷茫了眼前的那条小路

过去了多少岁月
从没像现在这样在意过

曾经大把的挥霍时间
留下了多少空白

多想挥动春天的彩笔
将空白的地方绘上美丽

时光却忽然变得和孩儿一般
总喜欢奔跑起来

我们不需要和时间赛跑
只想从容地观赏一路风景

充裕时间

水沸腾了
泡茶还是泡咖啡
心里迟疑

潜意识的牵挂
冲入了杯中
喝什么显得不那么重要

任凭窗外的风轻抚床头的书
哗哗响动的书提出了抗议
为无端的失宠

不知什么时候开始
醒来的亲密接触已是手机
改变在不经意中

此时，有充裕的时间
缓慢地敞开自己
去品味杯中的苦与乐

春夜开怀

似有一腔青春的热血
在推杯换盏中升腾
回望过往，原来有精彩
那成双配对的幸福
没人理论是真还是假
说的就是开心

只是一石激起千层浪
你想喝酒你说话
纵有三千豪迈
试问你有多少量

貌似诚恳的话语，带着玄机
狡黠的笑容闪烁酒香里
今夜，我们豪情万丈
张张不再年少的脸

有着迷人而生动的笑颜
美妙的心情欲远还近
醉意蒙眬间
初夏的夜晚也有梦

冬的怀想

一股暖流从心里淌过
该有多大的毅力
从温柔乡醒来

那飘上天边的时刻
羞涩的云朵
美丽地映在窗棂

像一只雏鹰乖巧地伏在身旁
可爱的不可言说
小心地拥着，不敢触摸

这该是一种怎样的煎熬
树林的涛声紧着
抑不住地念想，飞扬

此时，你是否也在依窗
夜幕坠落，夜深了
怀想也深了

风　铃

处在高处
也憩静
阳光抚慰的清晨
淡出海的气息

漫长的夜晚
听不见浪击礁石的声响
抑不住的忧伤
忘不了那一份灵动

五彩的亮点
灯光里
望向莹莹的天边
有一种无奈

挥不去的孤寂
只待有风的日子
倾听似乎遥远的诉说
尽显妩媚

复苏的时光

透过雨雾心有点灰
隐约的鸟鸣
岸边的小屋悄然醒来
推开的小门有一些温暖

活泛起来的旷野
抑制不住地蓬蓬勃勃
这就是力量，一种执着
沿着初衷极力前行

曾经的梦已然远去
仿佛有一场约定
如同纷飞的蒲公英散落何处
日子过得有些眩晕

也许我需要在雨后
梳理一下淋湿的羽毛
焦虑那不远的地方
无语和辽阔

呼出你的名字

伫立长白山脚下
望向峰顶
炫目的洁白离得很远很远

异常清新的空气
不经意间呼出你的名字
好一阵迟疑

点点的星光凉在天空
清冷的麦秸垛沉默不语
不论心里如何闹腾
影子没法不孤单

空虚磁性般四周而来
沉重的思念泼墨滚滚江水
承载的小船风帆已经扬起
何时解忧愁

湖的故事

波光粼粼
有香踏浪而来
似那八月桂花的淡然

泛舟烟雾缭绕的山谷间
瀑布直下
夕阳隐去了不少

隐不去的
是那饱满的相思豆
在风中摇曳

焦虑的岸边
波浪发狂的日子里
明智其实只能写在纸上

荡涤昨夜的苦闷
拨动一湖星光
再说水云间

怀旧客栈（外一首）

深秋的小岛，散淡
小路灯光隐约
穿行独特的欧式建筑
慌乱透着愉悦

洒满月光的怀旧客栈
几分念想，同行的佳人
多了美丽与亲切
恋人一般

远去了，怀旧客栈
洒落一路忧虑，
夜凉了，温暖何处
乐曲穿越树梢，往日重现

天台小吧

走过赵小姐的咖啡屋
错过了张三疯欧式奶茶铺
有缘
落座天台小吧

置身别致小天台
头顶明月
静观闻名遐迩的日光岩
喝着小饮，惬意

俯瞰朦胧的街景
数为数不多的星星
听不远处，阵阵涛声
花香，心沉醉

怀想单车载你的日子

那是华灯初上的夜晚
我以最缓慢的速度
滑向你的身旁

一片彩云落在了身后
不时地交流
在夜色中异常地温馨

不经意间出现了障碍物
紧急刹车
让纤手拦腰抱住

我分明感觉
曾经离去的晚霞
从我背后升腾
溢上美丽的脸庞

回归烟台山

疯跑的记忆
山脚下的青草
小小的甲壳虫满坡地爬呀

废弃的炮台
忽然就想起了烽火戏诸侯
叉着腰就有了居高临下的威严
那一场历史性的玩笑
惨痛的代价

回归烟台山寻找自己的稚嫩
和那一小片竹林
走过的记忆
在夏日羞涩的雨夜
小巷紫色的牵牛花
爬满一墙的幸福

那时的烟台山是宁静的
具有许多山的特质
适合营造历史的画卷
或是畅想

酒香四溢的夜晚

醒来的时候四更天
隐约的记忆
昨夜的酒有点足
如同窗外的雨不息
不息的还有那时断时续的笑声
杯盏中交替

三杯两杯被动着
不经意间
有了些许豪气
总想说些有趣或是煽情的话
让自己趣味一些
轻松一些

总想找回曾经的童真
说一些似有似无的往事
感受善意的谎言
快乐起来

酒香四溢的夜晚
痛苦与快乐不再理论
喝的是一种感觉

多少如歌
无形的旋律悄悄传递
划着一个又一个的圆
刻录着

烙在热板上的鱼儿

烙在热板上的鱼儿
冒着热气
不知不觉中
飘浮的梦融入了月色

月亮还圆的夜晚
站在池边，望水中扑腾的鱼儿
虽说姿态
不算优美却也不失可爱

浓浓的月光下
诱人的池中
好一阵碧波斩浪
生生地将思绪翻江倒海

热从身下而来
笑脸将梦拉回了现实
鱼儿不在水中，热板上烙着
很鲜活的样子
有些迷人

麦顶书院

心的地平线，筑起
不少人，想起童年
那风声、雨声还有琅琅声
团结再现

秋天，确实是个好季节
分娩结束
书院顺利着陆
友爱开始

这里四季如春
有鲜花、绿叶还有小溪
这里小径通幽，心灵的栖息地
互助的温床

这里，既是荧屏上的世界
也是现实空间的亲近
让我们携手，喜看千层浪
快乐从脚下延伸

慢 生 活

在夏秋的转角处
第一缕秋风掠过了山坳
牛岗山有了风轻云淡的迹象

回想那只飞翔的小鸟
唤醒了荷塘的记忆
盛开的荷花满目的鲜活

晚霞归隐得很从容
霞光下的人们不知何时开始
有了焦虑

寻觅散淡的时光
静听天籁之音
子期知遇，伯牙的高山流水

是该平伏不安了
淡然地望向岸边停泊的小舟
静听鸟鸣

毛 衣

一件旧毛衣
织起往日的一首歌

初秋的夜晚
昏黄的灯光下
织了拆，拆了织
专注的神情，依稀清晰

耗时费心的活儿
有足够的时间
怀想心爱的人
编织色彩斑斓的梦

天冷了
温暖
感受在毛衣之外

没有空调的日子

那是一个没有空调概念的年代
几乎也看不到风扇
在阳光很充沛的夏日
大地似火

夜已经深了
热浪才不情愿地渐渐散去
木房寂静，烦躁的青春
望向小路
路边乘凉的已经睡去
只有虫儿围着路灯转着圈子
显得有些兴奋

偶尔路过的行人
没有熟悉的身影
这样的夜晚，心里不能有事
适合静静地坐着
这可难为了青春年少
焦虑只有自己知道

好在那时的夜空
星星特别明亮
吃果果数星星

是恋人的最佳选择
那是一个善于期待的年代
如果一定有什么想法
最好是在梦中

喜悦漫了过来

那些年（四首）

玉龙雪峰脚下

心很轻
如同上扬的蒲公英
飘浮云海

生风的脚步
去仰望圣洁的玉龙雪峰
纯净一身尘埃

呼啦啦一列
花落手中
笑意绽放脸上

黄龙山

那些年
总是很无畏的样子
纵然山高
抑不住向上的力量

纵然空气稀薄

引发高原红
疑是三朵鲜艳的桃花
开在了黄龙山上

好一个人间仙境
看那一龙三凤
定格五彩池
好不美丽与迷人

庐　山

那些年
颇具探险精神
喜欢无限风光在险峰
听那人文故事
与自然景观的有机结合

喜欢穿越雾中的竹林
披一身霞光
喜欢东边日出西边雨
那些年真的年轻呵
看不出的温情
只缘身在此山中

那些年喜欢随意呀
哪怕休息

也喜欢星罗棋布
落在草地上

九 鲤 湖

那些年
总有用不完的精力
不论舟车劳累
一路辛苦

挡不住我们挑灯会战的热情
配对结合
捉对厮杀
总有那么多的打牌术语
藏着一语双关
透着那份趣味
较量着牌技与小聪明

宁静的九鲤湖
清新的空气
洗涤一夜的疲惫
看这造型
亮出的依然是炯炯的精神

那些时候

不论去近的或是远的地方
总是望向山顶
望向对岸或是天边的云

总有那么多的笑声
肆意顺坡而上
疯狂追逐林中的鸟儿
追逐河面的小舟

那些时候，我们年轻
年轻的我们似乎不缺爱情
不知忧愁

那些时候，我们年轻
或许不懂珍惜
不懂得痛

总是那么朝气蓬勃
那么挥霍青春
直至年轻让人受伤
爱人不在身边

那些夜晚

那些夜晚，木质走廊
透着水气，极力抗争残留的热浪

我们静静地坐着，灯光
泄了一地湿漉漉的长发

夜风不时将长发扬起
有意无意掠过我的脸颊
那样的夜很美

美得不由轻轻地吟唱
浮在云上的心
渐渐落在逼仄的空间

那些夜晚
若隐若现的那一份情
夜色下悄悄游走

那些夜晚，远去了
无影无踪
如同曾经悠扬的笛音

你也会想起吗

午后一片散淡
不论是树是楼还是远山
一样处在静态

阳光坚持着充足的热能
整个下午
偶尔鸟儿飞过也有些仓皇

时间仿佛停滞
心在疾走
一时慌乱不知该往何处

不经意间，撞进那年的夏天
也是这样闷热的下午
石阶上，说着很是天真的话
激动处冒出细细的汗

那是一段无忧的日子
想想分外亲切
只是今天这个午后
你也会想起吗

同 窗 缘

远离青春的今天
我们重温青春，是一种缘
岁月改变了我们的容颜
却改变不了万思楼的情结

那时的风是轻的
弱弱的心，总怀着一腔柔情
总是看不够的你
也只能斗胆瞄一瞄

总有那么多的书，要念
总有那么多的天真与幼稚
难以忘怀，总有那么多的项目
风采在体育场上

那时，我们期待郊游
期待身轻如燕的倩影
哪怕是艰苦的劳作
也喜欢那汗流浃背的模样

那时，总有那么多朝气
总有那么多的怀想，今天

我们重逢，倍感美好
无不珍惜

雾

迷离的湖面与往日不同
岸边的花草不再那么张扬
你似乎没有走的意思
这完全不符合你的生活节奏

这样的天气自然有人喜欢
就像喜欢厚重的夜幕
应该说你的能量不小
欢乐能从湖面传来的笑声中感受

树下仿佛没有了羞涩
一切的浪漫在隐约中体验
忘却曾经悲伤的湖心亭
忧愁悄悄从桥洞流失

你像一位有着身孕的女人
精心呵护着爱
多少窃喜
心知肚明

溪沙小院

灵动的风景活络了小院
来自山外的时尚
平添了生机

在这初冬的时节
清新飘逸的小竹林
抖落尘世的烦恼

回归纯朴，曾经年少的心
浮上深藏心底的美丽

时光去了哪儿
望向起伏的山峦
跳跃的气息浮上了天边

那枝头的露珠晶莹着
酸楚的眼帘，为往日唏嘘
今天的窃喜

天边的月儿，你来了
那一种清丽
让凌厉的山风和缓了下来

曾经的忧伤
留在弯弯的昨夜

多少年，我们曾经同窗
那遥远的万思楼
把我们紧紧地连在一起
今天，我们躲进溪沙小院成一统
去温暖我们的忧愁与无奈

带着笑意入眠，有一丝甜蜜
在高高的谷堆旁边说儿时的故事
直说到我们行进在移动的驿站

不知何时，清脆的鸟鸣响起
霞光铺设的天地间
鹰击长空一般
此时，乘着歌声的翅膀
梦开始起飞，去辽阔和美好

想着你时

阴沉沉的天空
迟迟不肯落下一滴雨
闷着，想着你时
时分模糊不清
似不敢晴朗的情

想着你时
忧愁加深
深到了楼底
在不知不觉间四下延伸

往来的风呼呼作响
有些强劲
在依稀间明朗了一些
此时，纷纷扬扬的雨
玻璃窗上挂满了惊叹

想着你时
婉约的宋词一般
轻轻地吟唱

遥想烟台山

升腾的烽火，在史书上燃起
褒姒的笑，引发的烽烟
燃起了青春的火焰

花团之上的烟台山巅
遗落的炮台不少，多少次
我们钻假山疯跑梅林

那时的天空，散淡的云
有那么多的时光，可以挥霍
不经意间，我们有了最初的心事

放牧心情吧
散落于半坡的桂花树上
我们不惜雨夜，凄美在伞下

往日回不去了
一切的美好如同那晚的电影
开始模糊

拥抱离别

玻璃杯轻轻地一触
夏季走了
秋波星光下涌动

你生如夏花
在鲜艳中追求多彩
已然执着

仿佛一片雪
自由飞舞着寻找自由
超凡脱俗

柔情似水的夜晚
高山流水一般和弦
潜流着你我心灵的走向

美好的时刻总是那么短暂
拥抱离别
是为了明天明媚的阳光

致 青 春

用充满仪式感的队形
寻觅曾经的童真
用鲜艳的红领巾
唤醒儿时的梦

用不再稚嫩的歌声
唱响同窗缘
用我们的热诚
拾零课间的小游戏

曾经的誓言散落风中
这并不重要，重要的是
不忘阳光下的晨读
不忘北峰分校踏歌劳作

流水惊讶，两鬓染霜
叩问时间去了哪儿
荡起的小舟是否到了彼岸

让岁月沧桑吧，我们不老
此时，我们心潮逐浪
眼睛已经潮湿

让我们一起举杯
致我们终将逝去的青春
干杯

雨夜即景

越来越密的雨
把夜编织得颇有冬的特色
这是我所希望的
有了躲进雨夜的理由

越来越大的雨声
这也是我所希望的
这样的夜晚适合窃窃私语

狂乱的雨拍打着窗台
掀起了一窗的潮水
勇敢的水手，搏击惊涛骇浪

我有些喜欢上了雨夜
借着雨，可以疯狂
疯狂地散失了冬的寒意

紧闭门窗，香味浓了一些
证明着鲜花的美丽
美丽伴我入梦
梦中又有了一次雨夜

竹 园

在园子的当口
寒气逼近
光如同枯水季节的崖顶
形不成瀑布

好在一阵噼啪过后
翠绿出一片天空
满园的竹子
如何界定年轮

自然也无法判断
我们处在哪片竹林的生命期
但这并不重要
就像我们没能长成那高大挺拔一样

在偌大成熟的空间里
那一束鲜嫩
倍觉天真幼稚
宛若年少时的活泼可爱

也许我们无法做到宁可食无肉
不可居无竹

可在我们生命成长的过程中
那一种淡然却是努力的方向

这是一个长气节的地方
同时也是一个携手的好去处
看那节节长成的上端
不再独立

听 涛

远远的涛声，奔腾的脉搏
向海边奔去
这是纵情放歌的日子

来吧，我们排成行
像海鸥一样无畏
无畏的我们，散开去
在沙滩上腾跃、追逐和造型

今天，让时光倒流
我们青春一回
真的，如果可以
谁和我扬帆

浪花呵，听你拍岸
拍向水天一色的远方

初冬的早晨

云不再轻，太阳迟迟不肯露面
鸟儿在丛林也不愿散去
今天的天空很沉

无意的花朵淡去了
路边冷漠的石椅越发显得冰凉
陷入沉寂的榆树闭口不言
昨夜发生的事，让一切忘却
在最后一朵菊花里

这是人生进入了一个时期
一个懂得冷静思考的阶段
也许这是我们所不愿意面对的

因为我们常常想对月当歌
想起夏日夕阳下的沙滩
独独不敢理直气壮地说

冬 夜

灿烂的灯光夜景明亮
繁华的超市
进出的人无数

浮在车窗上的眼睛
星星一般
期待美丽的倩影

有颗流星划过
眼前亮了
笑盈盈的眉眼甚是迷人

迷人的佳人迷人的夜景
宽阔而又宁静的江滨大道
行云流水

风从车的两旁微微掠过
美妙的音乐轻轻流淌
冬夜原来也可以这么温暖

元宵思绪（外一首）

今夜的花呵
有了亮光
一波一波的浪花
荡着怀春的你我

猜不透的谜语
生活一般
总在有歌的日子
踏歌而行

软风呢喃的夜呀
满眼的花满眼的灯
都是你
一闪一闪的过往影像
伴随一路

满是温情的空气
怎能承载落不尽的雨
听不清的节奏
乱在了梦里
化作了灯影萦绕着你

元宵随想

灯亮了一盏又一盏
繁华一片
究竟哪一盏亮在心上

灯上的谜语
日子一般
猜得出与猜不出快乐优先

人为设局的谜团
何必苦苦猜测
远去，远去吧

还生活轻松与真实
不辜负缠绵的夜风
沐浴春光

情人节思绪（四首）

玫　瑰

从僻静的乡村土壤
一夜惊醒
决堤的春潮
涌向喧闹或不很喧闹的城区

欲暖还寒的早春
残留一季灰蒙的天空
在今天的黎明
宛若普度万道霞光

充溢着花香的空气
一点就着
通天的火
映红飘浮的白云

超浓度的花香
活络地四下弥漫
带着情一路奔跑
叩击期待与惊讶的心扉

短 信 息

你是心灵上的天桥
无形
却让人感觉你的脉搏

因你缩短了距离
加速了沟通的时间
一定程度上
满足了写信的欲望

你为交流的人们
提供了表达的平台
你为倾诉者
避免了当面陈述的不便与尴尬
留足了考虑的时间和空间
令人不再慌乱和语无伦次

你为想见而不便相见的人儿
躲避了那么多的网眼
提供相互聆听的窗口
慰藉相思的心

巧 克 力

舶来品

适合洋节日
今天　人们选择你
作为情感的传媒

你乔装打扮
异彩纷呈
集中体现心形的魅力

今天是令人温热的日子
与季节不相称的热度
是否因为你的热卡

含着你
就是含着融化了的名字
品味她的甜蜜

钻　戒

通体晶莹
那是心的纯净
以白金作为底线
划起一个圆

那是爱的基地
撞击火花的地方
也是圆梦前夜

值得记忆的标志

比玫瑰恒久远
比黄金价高
唯独与爱无法相比
因为爱无价

摸黑也要前进

在故乡的山坡上
落着雪
银光向远处铺展开来
匍匐着沿着那条溪

喜欢落在溪面的阳光
拨弄溅起的金色银色的水花
吮吸天地间的空气
太阳似乎晃荡了起来
山体震颤溪水沸腾

迷雾一般的四周
挡不住探寻的欲望
哪怕摸黑也要前进
感受热烈与渴望

夜明珠异常明亮
似有小鸟低鸣的声音
淡然在一片香里
透着说不尽的故事

铺设一片苍凉

石板的街道
延伸两旁欧式建筑
暗淡的路灯
透着一路浪漫气息

目光点燃目光时
有一种情
在夜幕下潜流
影子里疯长

抑不住的态势
似乎紧着的风树叶沙沙作响
仿佛迷了路的小孩
不知身落何处

是喝小酒的小店
还是异域风情的小镇
纷落的雨花如同冬日的雪
铺设一片苍凉

山涧一声欸乃

风在吹
坡上的花儿悄悄地开了
一朵又一朵，泛起了红晕
霞光一般

舒展的藤蔓枝条
小溪亮了
风吸纳声音的同时
被声音覆盖

溪边的草在动
鱼儿也在动
水似乎也急了
抑不住地向前奔涌
一浪又一浪

沿坡追逐的目光
山涧一声欸乃
山清水秀

向 花 草

本可以走向自然
向花草讨心情
从湿漉漉中感受一种鲜活

那久违的气息
似乎有了陌生感
与季节不吻合的生存方式

源于讨生活
如果你仔细一些
就能感觉到季风已在悄悄改变

改变的节奏类同于往年
不同的只有我们自己的心情
像那山顶上的云

小物件的耳朵

精巧地点缀，决定细节
有我，吸纳了声波
倾听鸟儿的私语
传递山川之精华，活络了
小物件的灵动

我不喧宾，不为大
呵护着小，与小相依相偎
我要大声地告诉世界
没有我的小，何谓那些大
小天地有大智慧

听吧，我不仅有这功能
还能增添色彩
我守护着小，与小亲密无间
恰到好处的美
呈现多种的形态

月光般的抚慰

像院墙上的藤蔓
依偎在一起
接受着月光般的抚慰

倾听来自故乡的呢喃
潺潺的细流
泉水一样叮咚
如同序曲

月色下的小院里
一曲高山流水腾过细浪
翻过逶迤的起起伏伏
让一道道银光飞泻

尽享生命的芳华
多少话语让风轻柔
在音符中轻轻地跳动

命运图腾

沿着阡陌向外，飞跃
荒芜的丛林，惊讶地四下张望
一种潜流，在血脉里昭示
斑驳的墙体，古老的时钟
不远的往事，失了轨迹
转折，貌似不经意间

如歌在旷世的尘埃中
生生不息，在日起日落间
有那么多的因果在变幻

悬在高处，静默千年
面对世间轮回，努力从容
去敬畏那份庄严

紫丁香

紫丁香静静地开了
后院小池边

轻轻落在花的上面
蝴蝶依然
精致小院
彩蝶纷飞花枝摇曳
摆脱不了落寂

依窗闭目
采花扑蝶的身影频频闪现
无法定格

明知过去的不再回来
心却绞成藤蔓
沿着斑驳的墙体挣扎

春分时节

春天已经走了多远
岸边的柳枝越发婀娜
摇曳的小舟荡开了笑意

此时，春风十里花正艳
万千风情阡陌之上
没有理由匆匆

暖意从昨夜渐浓
湿漉漉的花容
娇艳动人

只想让时光走得慢一些
再慢一些，多一些从容
多一些美好的记忆

今天，春分的日子
昼夜平分了
思念不分

七夕（外二首）

七夕·愁

天色暗淡，小巷更显隐约
心收紧，望鹊桥的亮光
心绪向上

这是一个银光涌动的夜晚
潋滟一湖秋色
辉映岸边人

昨日的雨
想那爬满青藤的小窗
牵牛花悄悄开放

往事悠悠，每一根情愫
触摸你的脉搏
跳动千里

桥，寂静着
想那风中的牵牛花
忧愁满怀

七夕 · 梦

七夕，离梦最近的日子
通天的玫瑰燃烧热烈
让我独坐坡顶飞渡夕阳
哪怕跌落一湖彩练

让我坐拥晚风吧
透过寂寥，想那飘飘衣袖
似梦似幻的场景
有花瓣飘落荧屏里

远和近，需要理论
需要浮在云端的眼睛
望向银河的那一端
期盼奇迹

可不可以，让我怀抱希冀
在梦里，飘落你的窗台
今夜，去鹊桥
去有你的地方痴情一回

七夕 · 想

粉红的，飘向天边
柔软的云层

潮湿一地

曾经的美好
细数白云、花朵和流星
滑落何处

那纯粹的眼睛映照在纸上
读那青涩的句子
日子悄悄走过

总在美好濒临消失
才懂得珍惜
直到明白日子的不易
夕阳，已经临近

看那倦鸟归林
仿佛久远的那一天
听鹊桥的故事
有了铺设云梯的念想

圣诞夜

夜，闪烁的灯
在有限的空间里，追逐
万千风情

那变幻迷离的舞姿
暖不透深冬的寒
让门外的那一棵树

伫立成了相思
我要用一夜的时光
写满我一季的愁

说一片雪花吧，在记忆里
那是冬的箴言
一种苦涩，带着丝丝感叹

在歌声里低回
纵然成了一座冰雕
纵然春天的气息已经逼近

枫 树

浑身充满了热烈
与柳丝的柔美
形成了强烈的对比
以不同的形式
焕发青春

掩饰不住的急切
相望池子两端
云中相握
想想那天边的美丽

纵然努力，倾斜着身子
霞光映红的水中
舒缓的波纹
让一切渐行渐远

好在一阵风
抖落一片心语
浮在水面，像柳丝一样
话语无疑甜蜜
连鱼儿也羞往池塘的一角
窃听

对着太阳说

昨晚，伤心了
在梦里
梦醒的时候仍在继续

梦中人坐车远去了
悄无声息
从此，天南海北
曾经的魂牵梦萦，藏着
难见天日

其实爱也是要见阳光的
有的时候可以热闹一些
有的时候需要寂静
但绝不是反反复复的犹豫
反反复复了还不说

天亮了吗，我要整装出发
催马扬鞭，去日行千里
去对着太阳说

对着月亮说

今夜，迷茫的夜空
风异常强劲，一阵寒战
眼前的视野模糊不清
哪怕如钩的月儿
也停留在昨夜的梦里
宛若仙境一般

羞涩的月光如同初恋的少女
掩饰不住的慌乱
与那欲见还休的静默

今夜，我努力将目光延伸向苍穹
执着地探索那份温暖
你那困惑的心底涌动不安的神情
红透了深秋的那片枫林

今夜，对着月亮说
你的阴晴圆缺
转变着夜色
转变着关注夜色的人
扰动天边奔腾的云
你用什么抚慰我的纠结与不安

鲜活的日子

月光下，江心公园浮出了水面
如同一叶轻舟，从梦中驶来
遥远的记忆，鲜活了
柔软的心思漫上了烟台山

儿时的故事，在今天
奔跑在大街小巷
宛若红透天边的玫瑰
铺设一路的情

今夜抑不住地忧伤
不再年轻的心去踏浪
追逐天际的云彩
不禁要问：时间去了哪儿

回望一季的念想，忧郁的时光
愁上了心头，但我还是喜欢
这种感觉，温馨的日子
温暖在同窗

渐行渐远

中秋之月
今夜，一片光华

窗前的心思，拾零月华
秋夜的江面，消弭了
冷月、渔火和岸边石椅上的孤寂

孔明灯浮水的点点滴滴
希望起航
依稀听得见彩云追月的旋律
浪花不无声息地向前而去

似乎尝不尽的那块月饼
一夜相思
在那壶陈酒中
该是如何的甘醇与酸楚

后　记

　　用"喜悦漫了过来"做诗集名，是想让有缘读到这本集子的朋友，有某种喜悦悄悄漫上心头，能够轻松一些、开心一些，也想给自己平凡的生活里添一些欢喜，让平淡的生活增添一点"白日放歌须纵酒，漫卷诗书喜欲狂"的心境。

　　喜欢诗，喜欢用诗的想象来表达一种可能的生活形式，喻示明了或隐约的走心历程，哪怕是表现社会某种现状和自然景观，我以为诗都比较简洁、形象而富于画面感。

　　在多种写作的文体中，诗歌显然更突现为"情和意"，不论诗情是欢悦还是悲情，理应是饱满的、真切的流露；不论诗意是浅显还是深邃，理应是用意识的形式，潜流在字里行间。

　　我以为诗歌善于感叹生活，感叹赋予我们的诸多情感，感叹一切无法解开的多重纠葛。诗歌更富于个性化，写诗者在彰显独特作品的同时，也尽可能贴近人文景观、贴近自然，了解不同的生活习性、不同的风土人情，透过现象去领略事物的本质和内涵，去抒发感悟人生的万千景象。

　　从集子中不难找寻生活留下的心迹，不论欢歌还是悲戚，都很难做到苏东坡的"莫听穿林打叶声，何妨吟啸且徐行。竹杖芒鞋轻胜马，谁怕？一蓑烟雨任平生"

的豪迈。面对纷争繁杂的生活，纵然有那么多的不如意，依然愿意守候那一份淡然，仰望浩瀚夜空，品味阴晴圆缺。时间都去了哪儿，曾经的玉树临风，曾经的柔情似水，往事并不如烟，唯有予以珍视。

喜悦漫了过来，似有唐代诗人刘禹锡所作"晴空一鹤排云上，便引诗情到碧霄"的超然境界，愿能穿越时空，在你闲览的同时，能够呈现与你共鸣的心声，在这小小的方寸集子里，愿有你喜欢的诗句，哪怕带给你片刻的喜悦，我亦会倍感欣慰。

在网络飞速发展、自媒体四处奔腾的今天，希望作为小众载体的诗歌，能够乘着歌声的翅膀翱翔，霞光若鳞，漫过天边。人生苦短，世事无常，愿你我都过好每一天，让喜悦漫过来……

这本小册子的出版，得益于众友给予的关爱和支持，铭记在心，感念！